EIN BESCHÜTZER FÜR JANE

SEALs of Protection: Legacy, Buch 8

SUSAN STOKER

Besuchen Sie Susan im Netz!
www.stokeraces.com
facebook.com/authorsusanstoker
twitter.com/Susan_Stoker
bookbub.com/authors/susan-stoker
instagram.com/authorsusanstoker
Email: Susan@StokerAces.com

Die Suche nach Ashlyn
Die Suche nach Jodelle

Das Bergungsteam vom Eagle Point

Ein Retter für Lilly
Ein Retter für Elsie
Ein Retter für Bristol
Ein Retter für Caryn
Ein Retter für Finley
Ein Retter für Heather
Ein Retter für Khloe (7 May)

Die Zuflucht in den Bergen

Zuflucht für Alaska
Zuflucht für Henley
Zuflucht für Reese
Zuflucht für Cora
Zuflucht für Lara
Zuflucht für Maisy (1 Oct)
Zuflucht für Ryleigh

Delta Team Zwei

Ein Held für Gillian
Ein Held für Kinley
Ein Held für Aspen
Ein Held für Jayme
Ein Held für Riley
Ein Held für Devyn

Ein Held für Ember
Ein Held für Sierra

Die Delta Force Heroes:
Die Rettung von Rayne
Die Rettung von Emily
Die Rettung von Harley
Die Hochzeit von Emily
Die Rettung von Kassie
Die Rettung von Bryn
Die Rettung von Casey
Die Rettung von Wendy
Die Rettung von Sadie
Die Rettung von Mary
Die Rettung von Macie
Die Rettung von Annie

Mountain Mercenaries:
Die Befreiung von Allye
Die Befreiung von Chloe
Die Befreiung von Morgan
Die Befreiung von Harlow
Die Befreiung von Everly
Die Befreiung von Zara
Die Befreiung von Raven

Ace Security Reihe:
Anspruch auf Grace

Anspruch auf Alexis

Anspruch auf Bailey

Anspruch auf Felicity

Anspruch auf Sarah

SEALs of Protection:

Schutz für Caroline

Schutz für Alabama

Schutz für Fiona

Die Hochzeit von Caroline

Schutz für Summer

Schutz für Cheyenne

Schutz für Jessyka

Schutz für Julie

Schutz für Melody

Schutz für die Zukunft

Schutz für Kiera

Schutz für Alabamas Kinder

Schutz für Dakota

Eine Sammlung von Kurzgeschichten

Ein langer kurzer Augenblick

KAPITEL EINS

Jane Hamilton tat ihr Bestes, um sich keine Hoffnungen zu machen. Es war fast traurig, wie sehr sie sich auf die morgendliche Verteilung der Post freute. Schließlich war das ihre normale Routine, und sie arbeitete schon seit achtzehn Jahren auf dem Marinestützpunkt, seit ihr Ex-Mann eines Tages nach Hause kam und ihr mitteilte, dass er eine andere Frau kennengelernt habe und die Scheidung einreichen wolle.

Es hatte sie tief getroffen. Jane hatte gedacht, sie würde für immer mit Jake zusammen sein. Sie waren schon in der Highschool ein Paar gewesen und sie hatte alles in ihrer Macht Stehende getan, um ihn zu unterstützen, als er mit achtzehn Jahren zur Marine ging. Aber nach über zehn Jahren Ehe hatte er sie einfach sitzen lassen, um ihre achtjährige Tochter allein aufzuziehen. Widerwillig hatte er ihr jeden Monat Geld geschickt (nur weil es gerichtlich angeordnet worden war), bis sie achtzehn wurde, und seitdem hatte Jane nichts mehr von ihm gehört.

Sie hatte einen Job in der Poststelle auf dem Stützpunkt bekommen und sich in den letzten zwei Jahrzehnten bis zu ihrer jetzigen Position hochgearbeitet. Sie hatte etwa zehn Angestellte unter sich und war für die Verteilung der Post auf dem gesamten Stützpunkt verantwortlich. Aber auch wenn sie jetzt der Chef war, ging sie jeden Morgen durch ihr Gebäude und stellte die Post persönlich zu. Zum einen kam sie so aus ihrem Büro heraus. Es machte ihr Spaß, sich mit den anderen Angestellten im Gebäude zu unterhalten und auch die Matrosen kennenzulernen.

Aber in den letzten anderthalb Jahren hatte sie ihre Routine auch *seinetwegen* beibehalten.

Storm North.

Als sie ihn das erste Mal gesehen hatte, war sie wie angewurzelt stehen geblieben. Er arbeitete offenbar schon eine Weile auf dem Stützpunkt, hatte aber gerade ein Büro im selben Gebäude bekommen, in dem Jane arbeitete. Und allein sein Name ließ sie seufzen.

Storm North.

Er war so männlich, der perfekte Name für einen der Helden aus den Liebesromanen, die sie so gern las.

Sie schwärmte schrecklich für den Mann, was ihr

in ihrem Alter ein wenig lächerlich vorkam. Sie war einundfünfzig und damit weit über das Alter für stupide Bettgeschichten hinaus. Aber das bedeutete nicht, dass ihre Libido tot war, und an jenem schicksalhaften Tag war sie allein bei seinem Anblick in Wallung geraten. Storm war nur ein paar Zentimeter größer als sie selbst mit ihren eins siebzig, aber seine imposante Erscheinung ließ seinen trainierten Körper überlebensgroß erscheinen. Sein kurz geschnittenes kastanienbraunes Haar, das an den Schläfen silbern glänzte, hob seine wachsamen haselnussbraunen Augen noch mehr hervor. Alles an ihm strahlte Stärke und Vitalität aus.

Die meiste Zeit war er ernst, was sie nicht überraschte, denn er trug eine Menge Verantwortung. Er war für mehrere SEAL-Teams verantwortlich und nahm seinen Job sehr ernst, was sie bewunderte.

Aber Jane liebte es, ihn zum Lächeln zu bringen, und sei es nur für einen Moment, wenn sie ihm einen guten Morgen wünschte, ihm ein Paket überreichte oder über dieses oder jenes scherzte.

Sie lebte für diese morgendliche Verteilung der Post, wenn sie Storm sehen konnte.

Ihre Tochter Rose – deren Beziehung zu Jane bestenfalls dürftig war – hätte behauptet, dass sie sich lächerlich machte. Dass jemand, der so wichtig war wie Storm, eine einfache Postangestellte wie sie nie zweimal ansehen würde. Trotzdem konnte Jane nicht anders, als über ihn zu fantasieren. Sie stellte sich vor, dass er sie eines Tages *wirklich* sehen und sich fragen würde, warum er sie nicht um eine Verabredung gebeten hatte.

Aber Jane glaubte nicht, dass das jemals passieren würde. Sie war einfach nicht sein Typ. Nicht dass sie ihn wirklich kannte, außer dass er früher selbst ein SEAL gewesen war. Aber sie nahm an, dass er eine schöne, schlanke Frau vorziehen würde. Er war so attraktiv und in Form, und sie ... war es nicht. Jane machte sich für gewöhnlich nicht schlecht, aber sie trainierte nicht gern und genoss sowohl ein gutes Glas Wein als auch Pekannusskuchen.

Außerdem hatte Jane nach ihrer Scheidung eine sehr schwere Zeit gehabt und war vorsichtig, wenn es darum ging, jemandem wieder zu nahe zu kommen. Bei der Arbeit konnte sie freundlich und kontaktfreudig sein, aber wenn sie sich anderweitig unter Menschen befand, machte sie dicht. Storm war wahrscheinlich eine Stimmungskanone und hatte kein Problem damit, mit absolut jedem zu reden. Er war wirklich nett ... trotz seines scheinbar schroffen Äußeren.

Sie war sich sicher, dass Storm eine Freundin haben musste, obwohl er, soweit Jane wusste, nicht verheiratet war. Sie untersuchte ständig seine linke Hand auf einen Ring.

Von außen betrachtet war Storm North der

perfekte Fang, und sie war ... einfach Jane. *Schlichte Jane*, wie ihr Ex sie zu nennen pflegte. Es war ein Spitzname, den ihre Tochter aufgeschnappt und mit dem sie sie die meiste Zeit ihrer gemeinen Teenagerjahre verspottet hatte.

Rose allein großzuziehen war kein Zuckerschlecken gewesen. Anfangs hatte Jake an der Erziehung ihrer Tochter teilhaben wollen, aber im Laufe der Jahre, als er von einem Stützpunkt zum nächsten zog, wurden seine Besuche immer seltener, was Rose sehr traf. Sie hatte sich verlassen gefühlt und ihrer Mutter die Schuld daran gegeben, dass ihr Vater nicht da war. Während der Highschool-Zeit hatte sie sich ständig aus der Wohnung geschlichen und den Schulabschluss nur mit Ach und Krach geschafft.

Jane war nicht überrascht gewesen, als sie an ihrem achtzehnten Geburtstag auszog. Es hatte sogar ein paar Jahre gegeben, in denen Jane dachte, sie würde von Polizisten an ihrer Tür aufgeweckt werden, die ihr mitteilten, dass Rose an einer Überdosis gestorben sei oder sie sich mit dem falschen Mann eingelassen habe. Aber schließlich, nach einigen schmerzhaften Jahren für sie beide, hatten die Dinge sich zumindest im Hinblick auf ihre Beziehung entspannt. Sie war sechsundzwanzig, hatte einen festen Freund – den Jane überhaupt nicht kannte – und bemühte sich zumindest, ein wenig netter zu sein. Sie war sich nicht sicher, womit ihre Tochter ihren Lebensunterhalt verdiente, aber wenn Rose sich meldete, bettelte sie nicht mehr um Geld.

Es war irgendwie erbärmlich, dass Jane das als ein gutes Zeichen ansah.

In den fast zehn Jahren, in denen sie allein lebte, hatte Jane das Gefühl gehabt, als würde sie lernen, wer sie als Frau war.

Zuerst war sie Jakes Freundin gewesen. Dann seine Marine-Ehefrau. Dann war sie die Frau, die verlassen worden war, und eine alleinerziehende Mutter. Sie hatte so lange und so hart gekämpft, dass es sich immer noch so anfühlte, als würde sie sich selbst finden. Nach einem halben Jahrhundert war es irgendwie albern, aber es war so. Und sie wollte die Liebe wiederfinden. Einen Mann finden, der *sie* genauso unterstützte, wie sie ihn unterstützte. Sie wollte jemanden, mit dem sie lachen ... und all die unanständigen Dinge tun konnte, von denen sie schon seit Jahren träumte.

Aber Storm North war nicht dieser Mann.

Jane wusste das, aber das bedeutete nicht, dass sie aufhören konnte, über ihn zu fantasieren.

Während sie den Postwagen den Flur entlang-schob, spürte Jane, wie ihr Herz schneller zu schlagen begann, als sie sich Storms Büro näherte. Es war albern. Lächerlich. Aber sie fühlte sich, als sei sie wieder in der Mittelstufe und würde gleich den Jungen sehen, in den sie total verknallt war.

Aber Storm war kein Junge, das stand fest.

Sie betrat das Büro seines Verwaltungsassistenten und lächelte den Mann an, der hinter dem Schreibtisch saß.

»Guten Morgen«, sagte sie fröhlich.

»Hi, Jane«, antwortete der junge Mann mit einem Lächeln. »Gehen Sie ruhig rein. Er ist nicht in einer Besprechung.«

»Danke«, sagte Jane in der Hoffnung, dass sie nicht so aufgeregt aussah, wie sie sich fühlte. Sie sah Storm nicht jeden Tag, denn er war ein viel beschäftigter Mann, und wenn sie ihn sah, versüßte es ihr den Morgen.

Sie nahm das kleine Päckchen und die drei Briefe, die für ihn gekommen waren, und ging in sein Büro. Sie klopfte kurz an, und als sie ihn »Herein« rufen hörte, stieß sie die Tür auf.

Storm saß in seinem blauen Kampfanzug hinter dem Schreibtisch. An seinen Schläfen konnte sie ein wenig Grau erkennen, aber sonst hätte sie nicht gedacht, dass er schon Ende vierzig war. Er sah aus, als könnte er es jeden Tag mit den jungen Navy SEALs unter seinem Kommando aufnehmen ... und gewinnen.

»Guten Morgen«, sagte Jane leise.

Storm schaute auf. »Hi, Jane. Wie geht es Ihnen heute?«

»Mir geht es gut. Und Ihnen?«

»Nicht so schlecht, jetzt, da das Disziplinarverfahren für einen meiner besten SEALs erledigt ist.«

Jane wusste, worauf er sich bezog. Sie mochten auf einem großen Marinestützpunkt arbeiten, aber die Leute redeten und Dinge sprachen sich schnell herum. Ein SEAL namens Phantom hatte den Befehl missachtet, Urlaub zu nehmen, und war stattdessen nach Timor-Leste geflogen, um eine junge Frau zu retten. Sie kannte nicht alle Einzelheiten, aber *was* sie wusste, ließ ihr romantisches Herz höherschlagen.

»Das war sicher schwierig«, entgegnete sie diplomatisch.

Storm lächelte, und Janes Knie wurden ein wenig schwach.

»So kann man es auch nennen. Also ... geht es Ihnen gut? Ich habe Sie gestern nicht gesehen.«

Sie wollte diese Aussage interpretieren, erfreut darüber, dass er ihre Abwesenheit überhaupt bemerkt hatte, aber stattdessen zuckte sie lässig mit den Schultern. »Mir geht es gut. Ich bin mit einer Migräne aufgewacht und habe mich krankgemeldet. Ich habe eine Menge Überstunden angesammelt und dachte, ich könnte sie auch nutzen.«

»Gut für Sie«, sagte Storm. »Ich meine, hart zu arbeiten ist eine Sache, aber nie Urlaub oder einen freien Tag zu nehmen, ist nicht gesund.«

»Wann haben *Sie* das letzte Mal Urlaub genommen?« Die Frage rutschte ihr heraus, bevor Jane sich beherrschen konnte.

»Der Punkt geht an Sie«, erwiderte Storm mit einem noch breiteren Lächeln. »Ich schwöre, jedes Mal wenn ich daran denke, mir eine Auszeit zu nehmen, ist hier die Kacke am Dampfen ... Oh, Entschuldigung. Ich vergesse manchmal, wie man in höflicher Gesellschaft spricht.«

Jane kicherte. »Nichts, was Sie sagen, wird mich überraschen oder beleidigen«, versicherte sie ihm. »Ich arbeite hier schon lange genug, um so ziemlich jeden bekannten Kraftausdruck gehört zu haben, den es gibt. Ganz zu schweigen davon, dass ich sie von meiner Tochter gehört habe, als sie ein Teenager war.«

»Sie haben eine Tochter?«, fragte Storm und legte den Kopf schief. »Sie sehen nicht alt genug aus, um die Mutter eines Teenagers zu sein.«

Jane rollte mit den Augen. »Oh, bitte. Ich bin alt genug. Sie ist sechsundzwanzig und hat mir jede einzelne dieser Falten im Gesicht verpasst.«

»Im Ernst ... Sie sehen fantastisch aus. Ihr Mann ist ein Glückspilz.«

Flirtete Storm mit ihr? Wollte er herausfinden, ob sie verheiratet war oder nicht? Jane konnte sich kaum zurückhalten, vor seinen Augen einen albernen Freudentanz aufzuführen. »Er *war* ein Glückspilz«, sagte sie. Dann fügte sie hinzu: »Aber er hat vor zwanzig

Jahren beschlossen, mich für ein junges Häschen wegzuwerfen. Sein Fehler.«

Storms haselnussbraune Augen waren auf ihr Gesicht gerichtet und Jane war plötzlich nervös. Sie hatte jahrelang davon geträumt, seine ungeteilte Aufmerksamkeit zu haben, aber jetzt, da sie sie hatte, war sie sich nicht sicher, was sie tun sollte.

»Wie lange arbeiten Sie schon hier?«, fragte er.

»Zwanzig Jahre. Ich habe den Job bekommen, direkt nachdem er gegangen war.«

Storm nickte. »Ich für meinen Teil bin dankbar. Ich weiß zu schätzen, was Sie tun. Ich musste mir nie Sorgen machen, dass meine Post verloren geht, und wenn ich mal ein Problem hatte, wurde es schnell gelöst. Sie haben Ihre Mitarbeiter gut ausgebildet.«

Das war eines der besten Komplimente, die Jane je bekommen hatte. Sie wünschte, er hätte ihr ein persönlicheres Kompliment gemacht, aber es reichte ihr schon, wenn er bemerkte, dass sie eine gute Mitarbeiterin war. Sie war sehr stolz darauf, ein strenges Regiment zu führen. Viele Leute wussten nicht, wie kompliziert der Umgang mit der Post sein konnte. Angefangen bei Paketen mit unvollständigen Adressen, die sie herausfinden mussten, über falsch zugestellte Sendungen bis hin zu Nachgebühren ... und dann war da noch die ganze interne Korrespondenz, die auf dem Stützpunkt hin und her ging. Sie und ihre

Mitarbeiter waren sehr beschäftigt. »Danke«, antwortete sie mit einem kleinen Lächeln.

»Ist das heute Morgen alles für mich?«, fragte er mit einem Nicken in Richtung der Post in ihrer Hand.

»Oh! Ja, tut mir leid«, sagte Jane, trat vor und legte die Umschläge und das Päckchen auf seinen Schreibtisch.

»Kein Problem«, erwiderte Storm. »Also, geht es Ihrem Kopf heute besser?«, fragte er.

Für einen Moment war Jane so verwirrt, dass sie keine Ahnung hatte, wovon er sprach, dann erinnerte sie sich. »Oh ja. Danke. Ich habe nicht oft Migräne, aber wenn ich sie habe, dann haut sie mich meist um. Aber abgesehen von einem leichten Stechen heute geht es mir gut.«

»Gut. Dann sehen wir uns morgen, ja?«

Jane nickte strahlend. »Ja. Einen schönen Tag noch, Sir, und versuchen Sie, die neuen Matrosen nicht zu sehr zu erschrecken.«

»Nennen Sie mich Storm ... und ich mache keine Versprechungen.«

Jane wusste, dass sie mit ihrem breiten Grinsen wahrscheinlich wie eine Idiotin aussah, aber sie konnte nicht anders. Sie winkte ihm mit den Fingern zu und verließ rückwärts sein Büro. Als sie die Tür hinter sich geschlossen hatte, drehte sie sich um, verabschiedete sich von seinem Assistenten und schob ihren Postwagen in den Flur hinaus. Vor der Tür blieb sie stehen, lehnte sich gegen die Wand, schloss die Augen und seufzte zufrieden.

Jedes Mal wenn sie mit Storm sprach, fühlte sie sich glücklich, aber heute war es völlig anders. Er wirkte viel ... engagierter. Er hatte sie nach ihrem Privatleben gefragt, sie gebeten, ihn beim Vornamen zu nennen ... und als er sie anlächelte, hatte sie weiche Knie bekommen.

Sie atmete tief durch und ging den Flur entlang zum nächsten Büro, wobei sie so glücklich war wie schon lange nicht mehr.

KAPITEL ZWEI

Admiral Storm North lehnte sich in seinem Stuhl zurück und starrte auf die Tür, durch die Jane Hamilton gerade gegangen war. Er hatte keine Ahnung, was an ihr heute Morgen seine Aufmerksamkeit erregt hatte. Er hatte im letzten Jahr oft mit ihr gesprochen ... aber aus irgendeinem Grund hatte er sie bis jetzt noch nie richtig *gesehen.*

Und ihm gefiel, was er sah.

Vielleicht lag es daran, dass all seine SEALs in letzter Zeit eine Frau gefunden hatten und er sich seines Alters immer bewusster wurde. Vielleicht lag es auch daran, was mit Phantom und Kalee passiert war und wie hart sie für ihr Happy End gekämpft hatten.

Er wusste es nicht. Aber als er aufgeblickt und gesehen hatte, wie Jane ihn schüchtern von der Tür aus anlächelte, hatte irgendetwas tief in ihm klick gemacht.

Storm war glücklich damit, ein Arbeitstier zu sein. Er hatte es genossen, ein SEAL zu sein und alles zu tun, was er konnte, um sein Land sicher zu machen. Und er war begeistert gewesen, seinen jetzigen Posten zu übernehmen, als er zu alt geworden war, um ein aktiver SEAL zu sein. Es gefiel ihm, Probleme bei der Arbeit zu lösen. Aber ...

Er war einsam.

Es war hart, tagein, tagaus allein in sein zweistöckiges Reihenhaus zu gehen, sein Abendessen zuzubereiten, fernzusehen und ins Bett zu gehen. Er war gern unter Menschen. Niemanden zu haben, mit dem er reden konnte, mit dem er seinen Tag teilen konnte, machte ihn mürbe.

Und als Jane hereinkam, hatte er nur für einen Moment geglaubt, in ihren Augen dieselbe Sehnsucht nach Gesellschaft zu erkennen, die er jeden Morgen in seinem Spiegel sah. Aber mehr als das, zum ersten Mal sah er, wie Janes Wangen leicht erröteten, als sie ihn anlächelte. Wie ihre Atmung sich leicht beschleunigte, während sie miteinander sprachen, wie sie sich auf die Lippe biss, als sei sie nervös.

Alles Anzeichen dafür, dass Jane durch ihn nicht unberührt blieb.

Sein unbeholfener Versuch herauszufinden, ob sie

verheiratet war, war peinlich, aber ihre Antwort war mehr als zufriedenstellend. Storm gefiel es, dass sie genügend Selbstbewusstsein hatte, um zu sagen, dass ihr Mann ein Glückspilz gewesen *war*, als sie noch zusammen waren. Ihm gefiel, dass sie ihn auf seinen eigenen nicht eingelösten Urlaub angesprochen hatte. Zum einen, weil sie offensichtlich schnell denken konnte, und zum anderen, weil es bedeutete, dass sie sein Kommen und Gehen aufmerksam verfolgte.

Als er in das Gebäude gezogen war, hatte Storm alle dort arbeitenden Angestellten überprüft. Er wusste gern, wer um ihn herum war und was ihre Hintergründe waren. Es war nicht schwer, die Details über Jane aus den Tiefen seines Gedächtnisses hervorzuholen. Sie arbeitete bereits seit Jahrzehnten in der Poststelle, genau wie sie gesagt hatte. Sie hatte sich von einer einfachen Angestellten bis zur Führungskraft hochgearbeitet. Sie war einundfünfzig und hatte eine tadellose Arbeitsbilanz.

Aber das Gespräch mit ihr an diesem Morgen hatte ihm so viel mehr erzählt, als es ein Stück Papier je könnte. Sie war geschieden und hatte eine erwachsene Tochter, zu der sie offensichtlich eine turbulente Beziehung hatte, zumindest als diese ein Teenager gewesen war. Und wenn er sich nicht irrte, hatte sie mehr als nur ein flüchtiges Interesse an ihm. Allerdings konnte er nicht mit Sicherheit sagen warum.

Storm wusste, dass er gut aussah. Er war nicht eingebildet, aber in seiner aktiven Zeit als SEAL hatten viele Frauen wegen seiner Arbeit oder seines Aussehens mit ihm geflirtet. Doch seit er sich aus dem aktiven Dienst zurückgezogen hatte und in seine jetzige Position gewechselt war, hatte er keine Zeit mehr für Frauen.

Das hieß jedoch nicht, dass sie nicht trotzdem versuchten, ihn zu umgarnen. Storm konnte die Menge der verheirateten Frauen nicht zählen, die sich an ihn herangemacht und ihm klar gemacht hatten, dass sie sich mit ihm treffen würden, ohne es ihre Ehemänner wissen zu lassen.

Storm wollte nicht mit einer verheirateten Frau schlafen. Er wollte nicht herumschleichen. Er wollte eine Frau, auf die er stolz sein konnte und die ebenso begeistert wäre, an seiner Seite zu sein. Und ausnahmsweise wollte er derjenige sein, der die Arbeit leisten musste.

Die meiste Zeit seines Lebens hatte er sich nicht um die Aufmerksamkeit der Frauen bemühen müssen. Sie kamen zu ihm, und er konnte sich aussuchen, mit wem er zusammen sein wollte. Und um ehrlich zu sein, hatte er sich dabei immer etwas schäbig gefühlt. Die Tatsache, dass Jane Hamilton ihn schon eine ganze Weile kannte und trotz ihres offensichtlichen Interesses nicht viel mehr als »Guten Morgen« und »Hallo« gesagt hatte, faszinierte ihn.

Seine letzte Herausforderung war schon eine Weile her und Storm hatte das Gefühl, dass Jane die Mühe mehr als wert sein würde.

Er war allerdings nicht der Typ, der sich auf den ersten Blick verliebte, auch wenn er energiegeladener und aufgeregter war als je zuvor, einer Frau Avancen zu machen. Also würde er es langsam angehen lassen. In den nächsten Wochen würde er Jane kennenlernen. Ein wenig mit ihr flirten und ihr auf den Zahn fühlen. Herausfinden, ob er die Dinge bei ihr richtig einschätzte.

Dann, wenn die Zeit reif war und er nicht knietief in einem Projekt steckte, würde er sie um eine Verabredung bitten. Um zu sehen, ob die Chemie zwischen ihnen auch außerhalb des Marinestützpunktes stimmte.

Zufrieden mit seinem Plan, die Dinge langsam anzugehen, griff Storm nach seiner Post und machte sich an die Arbeit.

Jane wollte sich an das schwindelerregende Gefühl klammern, das sie durch das Gespräch mit Storm an diesem Morgen bekommen hatte, aber die Pflicht rief. Als sie zurück in die Poststelle im Untergeschoss des Gebäudes kam, wurde sie erst in eine Richtung und dann in die andere gezogen. Seit ihrer Lieferung hatte sie allerhand erledigen müssen.

Ein Admiral war verärgert, weil er von jemandem auf der anderen Seite des Stützpunktes keinen Bericht erhalten hatte, den er seiner Meinung nach an diesem Morgen hätte bekommen sollen. Zwei ihrer Angestellten hatten sich krankgemeldet ... wobei Jane wusste, dass sie einen davon wegen übermäßiger Abwesenheit würde entlassen müssen. Außerdem hatten sie eine ungewöhnlich große Menge an Post erhalten, die am Nachmittag sortiert und zugestellt werden musste. Sie hatten alle Hände voll zu tun und Jane hatte keine Zeit, ihr Gespräch mit Storm zu analysieren. Die Pflicht rief.

Jane half nach dem Mittagessen beim Sortieren der Post, als ein Paket auf dem Fließband ihre Aufmerksamkeit erregte. Auf den ersten Blick schien nichts daran ungewöhnlich zu sein. Es war etwa halb so groß wie ein Schuhkarton und wurde nur durch ein bisschen Klebeband zusammengehalten. Aber als Jane sich die Adressierung ansah, bemerkte sie, dass der Versandaufkleber seltsam erschien. Nichts deutete auf den Absender hin, in der Ecke war überhöhtes Porto, das offensichtlich von Hand entwertet worden war, auf dem Karton stand »vertraulich« und er war an Konteradmiral Creasy adressiert ... nur dass sein Nachname falsch geschrieben war, Creasey mit einem zusätzlichen e.

Je genauer sie hinsah, desto mehr kam ihr das Paket verdächtig vor, und Jane hatte schon viel zu viele Schulungen über Bomben und Anthrax in der Post mitgemacht, um das Paket als harmlos abzutun. Wenn es an den Konteradmiral geliefert wurde und ihm etwas zustieß, würde Jane sich das nie verzeihen.

Da sie wusste, dass sie den Raum räumen, die Behörden alarmieren, die Klimaanlage ausschalten – nur für den Fall – und das Paket nicht anfassen oder bewegen sollte, bis es untersucht werden konnte, begann Jane, alles in Bewegung zu setzen. Dadurch würde die Postzustellung sich um Stunden, vielleicht sogar um einen ganzen Tag verzögern, aber es ließ sich nicht ändern. Wenn es sich um eine Bombe oder einen biochemischen Wirkstoff handelte, der mit der Post verschickt wurde, spielte nichts anderes eine Rolle, auch nicht ihr Zeitplan.

Doch gerade als Jane sich umdrehte, um alle zu alarmieren, dass sie das Abriegelungsprotokoll einhalten sollten, schob einer ihrer Mitarbeiter eine große Anzahl von Kartons und Umschlägen auf dem Förderband zu ihr hinüber. Das Paket, das sie gerade untersucht hatte, kippte auf der Kante des Sortiertisches und Jane griff instinktiv danach, um es aufzufangen.

Alles danach schien wie in Zeitlupe abzulaufen.

Der Karton begann zu fallen.

Jane fing ihn in der Luft auf.

Durch die Erschütterung wurde offensichtlich etwas im Inneren zur Explosion gebracht, denn der Deckel flog weg und eine orangefarbene ätzende Substanz spritzte in die Luft, bevor sie Janes Gesicht und Arme bedeckte.

Sie begann sofort, zu husten und zu würgen, aber sie tat ihr Bestes, um ruhig zu bleiben – das Schwierigste, was sie je in ihrem Leben getan hatte.

»Heilige Scheiße, Jane, was zum Teufel?«, rief einer ihrer Mitarbeiter.

»Fass mich nicht an«, brachte sie heraus, die Augen fest zusammengekniffen. Zwischen zwei Hustenanfällen fuhr sie fort: »Code Schwarz. Ruf die Marinepolizei an und löse einen Code Schwarz aus!«

Zum Glück wussten ihre Mitarbeiter genau, was zu tun war. Ein Code Schwarz war die höchste Notfallstufe, die die Poststelle ausrufen konnte. Er bedeutete, dass eine chemische Flüssigkeit ausgetreten war und alle Mitarbeiter sich aus der unmittelbaren Umgebung entfernen sollten. Ihr Team hatte immer wieder für genau dieses Szenario trainiert – aber Jane hätte nie gedacht, dass sie einmal kontaminiert werden würde.

Als sie hörte, wie alle aus dem Raum eilten, überlegte sie, wo sie sich im Sortierraum befand, und ging blindlings auf die Wand hinter ihr zu. Sie wollte nichts anfassen, denn das könnte die Kontamination weiter verbreiten, die überall an ihren Händen klebte, aber mit jeder verstreichenden Sekunde fiel ihr das Atmen schwerer. Sie musste die Dekontaminationsstation erreichen.

Ihre Angestellten waren alle gegangen, so wie es ihnen beigebracht worden war, und sie war auf sich allein gestellt.

Mit dem Gefühl, als würde ihre Lunge explodieren, hustete Jane noch ein wenig und übergab sich dann auf den Boden. Alles tat weh und es fühlte sich an, als würde ihr Gesicht in Flammen stehen.

Sie ließ sich auf die Knie fallen und versuchte, Sauerstoff in ihre brennende Lunge zu bekommen. Soweit sie wusste schmolz ihre Haut dahin. Sie spürte nichts mehr und schaffte es nicht bis zur Dekontamination. Sie konnte nur auf dem Boden knien und würgen.

Storm las gerade einen Bericht über die Zunahme der Feindseligkeiten in einem kleinen Land in Afrika, als sein Verwaltungsassistent den Kopf in sein Büro steckte.

»Entschuldigen Sie die Störung, Sir, aber es gibt einen Code Schwarz in der Poststelle.«

»Scheiße. Code Schwarz? Sind Sie sicher?«, fragte er.

»Ja, Sir. Das Gebäude wird evakuiert. Wir müssen los.«

Storm erhob sich von seinem Schreibtisch und ging auf die Tür zu. Er konnte nur daran denken, dass Jane in der Poststelle arbeitete.

Erst an diesem Morgen hatte er beschlossen, sein Interesse an der schüchternen Angestellten zu erkunden, aber zu hören, dass es in der Poststelle eine biologische Bedrohung gab, änderte alles drastisch. Er wusste, dass die Besorgnis und das Unbehagen in ihm nicht nachlassen würden, bis er mit eigenen Augen sah, dass es Jane gut ging.

Storm joggte den Flur hinunter in Richtung des Treppenhauses. Er lief zwei Stockwerke hinunter und ging, anstatt sich nach draußen zu begeben, weiter hinunter in den Keller. Er kam an ein paar Leuten vorbei, die die Treppe hochstiegen, aber niemand wagte es, ihn zu fragen, wohin er ging oder was er tat. Sein Rang hatte gelegentlich seine Vorteile.

Jemand hatte den Feueralarm ausgelöst und das nervige Geräusch der Sirenen bereitete ihm sofort Kopfschmerzen, aber er ignorierte es so gut wie möglich und ging auf die Tür zum Postraum zu. Er war erst wenige Male hier unten gewesen, aber er wusste genau, wo er hinmusste.

Er zog an der Tür – und runzelte die Stirn, als sie sich nicht öffnen ließ. »Verdammter Mist«, murmelte er, als ihm einfiel, dass laut Protokoll alle Türen beim Eintreten eines Zwischenfalls abgeschlossen sein mussten.

Storm stand eine Sekunde lang da und überlegte, was er tun sollte. Es war wahrscheinlich, dass Jane in diesem Moment mit ihren Angestellten draußen stand und mit den Behörden sprach, um ihnen zu erzählen, was passiert war. Es war auch wahrscheinlich, dass der Code Schwarz ein falscher Alarm war; es hatte seit Jahren keinen Anthrax- oder Sarin-Vorfall mehr gegeben.

Aber ein kleiner Teil von ihm, tief in seinem Inneren, dachte anders.

»Jane?«, rief er, wobei seine Stimme über den schrillen Feueralarm kaum zu hören war. »Sind Sie da drin?«

Er legte ein Ohr an die Tür, um zu lauschen, ob er eine Antwort bekam. Irgendetwas.

»Sir?«, ertönte eine Stimme von rechts. »Sie müssen das Gebäude verlassen.«

Storm drehte sich um und sah einen jungen Mann hinter sich stehen. Sein Gesicht war weiß wie eine Wand und er trug einen Overall, der darauf hindeutete, dass er in der Poststelle arbeitete.

»Sie arbeiten da drin, richtig?«, fragte Storm, der seine Aufforderung ignorierte.

»Ja, aber es gibt einen Code Schwarz. Sie müssen gehen.«

»Was ist passiert?«, blaffte Storm.

Der junge Mann sah sich nervös um, bevor sein Blick sehnsüchtig auf der Tür zum Treppenhaus hängenblieb. Storm tat sein Bestes, um seinen Tonfall zu beruhigen. Der Mann hatte offenbar schreckliche Angst. »Sagen Sie mir, was passiert ist. Dann bleibe ich, bis die Behörden kommen.«

»Ich soll sie hierher leiten«, antwortete der Mann.

Ungeduldig sagte Storm: »Reden Sie mit mir.«

»Wir haben wie immer die Post sortiert. Jane saß am Tisch und als ein Haufen Post nach vorn geschoben wurde, fiel ein Karton herunter. Sie packte ihn und er explodierte. Sie sagte uns, dass wir den Code Schwarz auslösen und verschwinden sollen.«

»Wo ist sie?«

»Drinnen«, erwiderte der Mann, und Storm konnte das Zittern in seiner Stimme hören. »Ich wollte nicht gehen, aber ich wusste, sie würde wütend sein, wenn ich es nicht täte. Wir hatten eine Übung nach der anderen, und sie hat immer gesagt, wenn etwas passiert, sollen wir auf keinen Fall der betroffenen Person helfen. Das Dekontaminationsteam würde kommen und das übernehmen. Glauben Sie, sie sind schon da?«

Mist.

Storm musste rein zu Jane. Scheiß auf das Warten auf ein Dekontaminationsteam. Sie könnte sterben – was unter seiner Aufsicht nicht akzeptabel war.

An sich verstand er die Notwendigkeit, eine kontaminierte Person zu isolieren, aber er konnte nicht einfach mit dem Wissen dastehen, dass sie auf der anderen Seite der Tür leiden könnte.

»Haben Sie den Schlüssel?«, rief er.

Der Mann nickte und Storm streckte eine Hand aus, wobei er in fordernder Geste mit den Fingern wackelte.

Überraschenderweise tat der Mann, was Storm befahl, indem er schnell näher kam und zur Tür trat. Es war offensichtlich, dass er Jane *nicht* hatte zurücklassen wollen und erleichtert war, dass jemand ihr helfen würde.

Als die Tür entriegelt war, wies Storm auf die Treppe. »Warten Sie draußen auf das Dekontaminationsteam und sagen Sie ihm, wo sie ist.«

»Helfen Sie ihr«, bat der Mann mit besorgter Miene. »Sie ist nicht nur eine gute Chefin, sondern auch ein guter Mensch. Sie hat das nicht verdient ... was auch immer in diesem Paket war.«

Storm nickte und stieß die Tür auf. Er war zuversichtlich, dass der junge Mann so schnell wie möglich Hilfe holen würde. Aber er wusste besser als die meisten anderen, dass es dauern würde. Niemand würde das Gebäude ohne kompletten Schutzanzug betreten. Er konnte es ihnen nicht verübeln, aber als SEAL war er niemand, der abwartete oder übervorsichtig war.

Sobald er die Tür öffnete, war Storm sich recht sicher zu wissen, was die Bombe enthalten hatte. Es war kein

Sprengstoff im eigentlichen Sinne. Es war kein Anthrax. Es war auch kein Sarin. Es roch nach Reizgas. Chlorbenzylidenmalodinitril. Tränengas. Pfefferspray. Es brannte höllisch, wenn man es abbekam, aber es war nicht tödlich. Storm hatte genügend Übungen mit dem Zeug hinter sich, um zu wissen, dass es sich *anfühlte*, als würde man sterben. Es brannte in den Augen und in der Nase, sodass es aus diesen Körperöffnungen nur so herauslief. Und es löste bei vielen Menschen starke Übelkeit aus.

Aber es tötete nicht. Gott sei Dank.

Er schlug die Tür hinter sich zu, wodurch das Schrillen des Feueralarms glücklicherweise so gedämpft wurde, dass er sich wieder selbst denken hören konnte.

Storm hustete aufgrund der Rückstände in der Luft und rief: »Jane? Wo sind Sie?«

Er hörte ihre Antwort nicht, aber er hörte sie husten und würgen. Er bahnte sich einen Weg um einen großen Tisch herum – und sein Inneres erstarrte. Jane kauerte auf Händen und Knien auf dem Boden. Vor ihr war ein kleiner Haufen Erbrochenes und ihre Augen waren zusammengekniffen.

Er eilte zu ihr und hasste es, wie sie heftig zusammenzuckte, als er sie an den Schultern packte.

»Ich bin's, Storm North«, beruhigte er sie. »Lassen Sie mich Ihnen helfen.«

Sie schüttelte den Kopf und versuchte, sich von

ihm loszureißen. »Gift«, keuchte sie, bevor sie erneut hustete.

Storms Herz klopfte wild in seiner Brust. Sie versuchte, ihn zu beschützen.

Ihn. Jemanden, den sie nicht kannte. Einen SEAL, der dem Tod mehr als einmal ins Auge geblickt und überlebt hatte.

Er verdrängte seine Gefühle für einen späteren Zeitpunkt und beugte sich dicht zu ihr, um ihr eindringlich ins Ohr zu sprechen. »Ich bin mir ziemlich sicher, dass es Tränengas ist«, erklärte er. »Kein Gift. Ich weiß, dass es höllisch brennt. Ist es in Ihre Augen gelangt?«

Sie nickte, woraufhin er mitfühlend das Gesicht verzog. In der Ausbildung hatte er immer eine Gasmaske getragen, bis er aufgefordert wurde, sie abzunehmen. Er hatte noch nie einen Sprühstoß direkt ins Gesicht bekommen, und schon gar nicht mit offenen Augen.

Er war erleichtert gewesen, als er die Tür zum Postraum geöffnet hatte, aber jetzt wusste er, dass die Sache ernster war als zuerst gedacht.

»Kommen Sie, wir müssen Sie zur Dekontaminationsstation bringen.«

Jane nickte und ließ sich von ihm auf die Beine helfen, aber sie blieb gebeugt und berührte ihn in keiner Weise. Storm erkannte, dass es daran lag, dass ihre Hände und ihr Oberkörper mit dem orange-roten Spray bedeckt waren.

Wer auch immer die Briefbombe gebaut hatte, wusste, was er tat.

Gemäß den Bundesvorschriften gab es in der Ecke des Postraumes eine kleine duschähnliche Dekontaminationsstation. Soweit Storm wusste war sie noch nie benutzt worden ... bis jetzt.

Er drehte das Wasser auf, das zunächst rostbraun war, aber schnell klar wurde. Jane wimmerte, als sie das Wasser hörte.

Ohne zu zögern, legte Storm einen Arm um Janes Taille und trat mit ihr unter das Wasser. In Sekundenschnelle waren sie beide durchnässt, aber das war ihm im Moment egal. Er musste die ätzende Flüssigkeit von Janes Gesicht und Händen abwaschen.

Das Wasser war kalt und er spürte, wie sie unter seinen Händen zitterte, aber sie wich nicht zurück. Rotz lief ihr über das Gesicht und sie hatte etwas Erbrochenes auf ihre Kleidung bekommen, was beides durch die Dusche abgespült wurde, aber Storm hatte im Kampf schon wesentlich Schlimmeres gesehen.

Jane hielt ihr Gesicht ins Wasser und tat ihr Bestes, um sich nicht zu ertränken, während sie versuchte, das Tränengas abzuwaschen und gleichzeitig zu husten.

Auch Storm blieb von der giftigen Atmosphäre nicht verschont, obwohl er nicht direkt ins Gesicht getroffen worden war. Er spürte, wie seine Augen tränten und seine eigenen Schleimhäute ihr Bestes taten, um die eklige Chemikalie abzuwehren. Aber er ignorierte sein eigenes Leiden und konzentrierte sich darauf, das Bestmögliche für Jane zu tun.

Ihr mittellanges braunes Haar war mit dem Tränengas bedeckt und er versuchte, ihr beim Auswaschen zu helfen. Überall, wo er hinschaute, sah er die verräterischen Spuren des orangefarbenen Sprays. »Sie müssen Ihr Hemd und Ihre Hose ausziehen«, sagte er so sanft wie möglich. »Ich kann sehen, wie es an Ihrem Körper heruntertropft.«

Für einen kurzen Moment schien sie in Panik zu geraten, aber dann verließen jegliche Emotionen ihr Gesicht. Sie hatte die Augen nicht länger geöffnet als nötig, um sie auszuspülen, aber er spürte, wie ihr Körper sich unter seinen Händen anspannte.

Schließlich nickte sie und führte die Hände zum ersten Knopf ihres Hemdes.

»Ich mache das schon«, sagte Storm zu ihr.

Plötzlich fühlte es sich so an, als seien sie die einzigen Menschen auf der Welt, und die Situation war intimer, als sie es unter den gegebenen Umständen hätte sein sollen. Storm öffnete schnell einen Knopf nach dem anderen und half ihr, das Hemd auszuziehen. Sie stand in einem durchnässten weißen Baumwoll-BH vor ihm, der ihre Vorzüge nicht verbarg. Sie hatte eine volle Figur und war an den richtigen Stellen gerundet. Ihre Brustwarzen waren durch das kalte Wasser hart und er sah Gänsehaut auf ihren Armen.

»Moment, ich bin gleich fertig«, beruhigte er sie und griff nach dem Gürtel um ihre Taille. Schnell öffnete er ihn und knöpfte ihre Cargohose auf. Er umrundete sie, kniete sich hin und zog ihr den nassen Stoff herunter. Sie entledigte sich ihrer Schuhe und stieg aus der Hose.

Storm stand auf und schob ihre Kleidung zur Seite. Er bewegte sich, bis er wieder vor ihr stand, aber nicht unter der Dusche. Er legte die Hände an ihre Wangen und neigte ihr Gesicht sanft zum Wasser. »Sie müssen versuchen, die Augen so lange wie möglich offen zu halten, Jane. Ich weiß, es tut weh, aber Sie müssen das Zeug ausspülen.«

Sie nickte, hustete und blinzelte, während sie ihr Bestes tat, um seinen Anweisungen zu folgen. Storm konnte sehen, wie sehr es schmerzte, und er bewunderte ihren Mut. »So ist es gut. Gut. Genau so.«

Er hatte keine Ahnung, wie lange sie in der überfüllten Dekontaminationsdusche gestanden hatten, aber schließlich gelang es ihr, die Augen länger als eine halbe Sekunde am Stück offen zu halten. Sie waren blutunterlaufen und rot umrandet, als sie sie endlich lange genug öffnete, um ihn anzusehen, und als sie es tat, hasste er, was er dort entdeckte.

Scham. Verlegenheit.

»Es tut mir leid«, flüsterte sie, bevor sie noch einmal heftig hustete.

»Ihnen braucht nichts leidzutun«, entgegnete er mit Nachdruck. »*Nichts.* So wie ich das sehe, haben Sie alles richtig gemacht.«

»Ich konnte nicht zur Dekontaminationsstation gehen«, gab sie zu. »Alles tat zu sehr weh. Ich habe Mist gebaut.«

Storm schüttelte den Kopf, bevor sie zu Ende gesprochen hatte. »Nein, Sie haben das getan, wofür Sie ausgebildet wurden. Sie haben Ihre Mitarbeiter rausgeholt und getan, was Sie konnten, um zu verhindern, dass die Partikel entweichen.«

»Ich habe mich übergeben«, flüsterte sie.

Storm hasste es, dass sie sich so offensichtlich schämte. »Das ist die Art und Weise, wie Ihr Körper die Verunreinigungen loswerden will. Das ist nichts, wofür Sie sich schämen müssen, Jane. Sie sollten die Kadetten im Ausbildungslager sehen. Die tun so, als würden sie sterben, aber sie haben nicht annähernd so viel Tränengas ins Gesicht bekommen wie Sie.«

»Sind sie *sicher*, dass es Tränengas war?«, fragte sie.

»Zu neunundneunzig Prozent, ja«, antwortete Storm. »Ich habe den Geruch sofort erkannt, als ich den Raum betrat.«

Sie runzelte die Stirn. »Wie sind Sie hier reingekommen?«

»Einer Ihrer Angestellten im Flur hat mich rein-gelassen.«

»Er sollte doch –«

Was auch immer sie sagen wollte, wurde mitten im Satz unterbrochen, als die Tür zum Postraum sich öffnete und drei Männer in kompletten Dekontamina-tionsanzügen dort standen. Der durchsichtige Dusch-vorhang war das Einzige, was sie und Storm vom Rest des Raumes trennte.

»Oh Scheiße«, sagte sie und hustete, während sie die Schultern nach innen zog, um sich vor den Männern zu verstecken.

Ohne nachzudenken, zog Storm sie an seinen Körper und etwas in ihm wurde weich, als er spürte, wie sie sich an ihn schmiegte, als sei sie für die Neuan-kömmlinge unsichtbar, nur weil sie in seinen Armen lag.

Einer der Männer hatte ein Gerät in der Hand, mit dem er die Luft auf Schadstoffe untersuchen konnte. Es würde ihm mitteilen, mit welchen Stoffen sie es zu tun hatten und wie hoch der Anteil war. Die beiden anderen hielten so etwas wie langstielige Bürsten.

Storm versteifte sich und drehte sich zur Seite, um Jane vor ihren Blicken zu schützen.

»Gehen Sie weg von ihr, Sir«, sagte einer der Männer, dessen Stimme durch den Ganzkörper-Schutzanzug gedämpft klang.

»Keine Chance«, erwiderte Storm wütend,

ruinierte seinen Befehl jedoch durch ein heftiges, trockenes Husten.

»Sir, Sie müssen beide dekontaminiert werden, bevor wir Sie ins Krankenhaus bringen können.«

Storm kannte das Protokoll. Er hatte sogar einmal mitgeholfen, das verdammte Handbuch zu schreiben, aber damals war es sehr klinisch gewesen. Eine kontaminierte Person abzuschrubben, damit sie keine Partikel auf Unschuldige im medizinischen Bereich übertrug, war das Richtige. Doch während er die zitternde und traumatisierte Jane in den Armen hielt, wurde ihm klar, dass es weder ethisch noch menschlich war, sie abzuspritzen und zu schrubben, als sei sie ein schmutziges Stück Fleisch.

Scheiße.

Er hielt sie fester, kurz bevor sie tief Luft holte und sich von ihm löste. »Es ist alles in Ordnung«, sagte sie leise. Sie blinzelte und es war offensichtlich immer noch schmerzhaft für sie, die Augen zu öffnen. »Es ist Vorschrift.«

Sie hatte recht, aber das machte es nicht leichter, sie loszulassen.

Er beobachtete, wie Jane mutig aus der Dekontaminationsdusche trat und die Arme seitlich ausstreckte. Ihre weiße Unterwäsche war völlig durchnässt und von hinten durchsichtig. Storm konnte sich nur vorstellen, wie sie von vorn aussah.

Er biss die Zähne zusammen und wollte den

Matrosen, der den Schrubber hielt, am liebsten verprügeln.

Aber stattdessen tat er das Einzige, was er tun konnte, damit Jane sich in diesem Moment nicht so unbehaglich fühlte. Er zog sich selbst aus, bis er nur noch mit seiner eigenen weißen Unterwäsche bekleidet neben ihr stand.

KAPITEL DREI

Jane wollte sterben. Nur wenige Stunden zuvor hatte sie sich noch über ihr Gespräch mit Storm gefreut und jetzt wollte sie am liebsten im Boden versinken und verschwinden. Zu wissen, dass er derjenige war, der sie auf Händen und Knien kotzend und mit Tränengas bedeckt gefunden hatte, war ihr schon verdammt peinlich. Und als wäre das noch nicht genug, hatte er sie auch noch ausgezogen und sie in ihrer ganzen einundfünfzigjährigen Pracht gesehen.

Sie erwartete nicht, so auszusehen wie mit zwanzig, aber sie war sich nicht sicher, ob praktisch nackt vor ihm zu stehen der richtige Weg war, um die Aufmerksamkeit des Mannes zu erregen, in den sie schon verknallt gewesen war, bevor sie überhaupt mehr als ein paar Worte gewechselt hatten. Und sie wollte bestimmt nicht wie in einer Waschanlage geschrubbt werden, aber Vorschrift war Vorschrift.

Sie hatte fast einen Herzinfarkt bekommen, als sie nach links schaute und Storm nur mit seiner Unterwäsche bekleidet neben sich stehen sah. Er hatte ihr ein schiefes Lächeln geschenkt und mit den Schultern gezuckt ... und in diesem Moment war etwas in ihr dahingeschmolzen. Er musste sich nicht ausziehen, und das wussten sie beide. Er war nicht dabei gewesen, als das Paket explodiert war, und das Pfefferspray an ihm war nur durch ihre Kleidung und Hände übertragen worden. Aber er hatte es trotzdem getan.

Das hatte ausgereicht, um sich ihre Loyalität und unsterbliche Unterstützung bis in alle Ewigkeit zu verdienen.

Jetzt saß sie im Krankenhaus des Stützpunktes, eingewickelt in eine riesige Decke und mit einem Kittel, den jemand für sie besorgt hatte, und wartete auf ihre Entlassung.

Ihre Augen brannten immer noch und sie konnte nicht aufhören zu husten, aber wenigstens hatte sie nicht mehr das Gefühl, als würde sie mit jedem Husten ihre Lunge zu Tage befördern.

Die Strafverfolgungsbehörde der Marine untersuchte das Paket und versuchte herauszufinden, wer es geschickt hatte. Konteradmiral Creasy und seine Frau waren gewarnt worden, dass er das Ziel einer Briefbombe gewesen sei, und sie trafen Vorsichtsmaßnahmen, bis der Absender identifiziert und festgenommen werden konnte.

Die Poststelle stand bis auf Weiteres unter Quarantäne und Jane wusste, dass sie eine Menge zusätzlicher Arbeit haben würde, um im provisorischen Raum alles wieder zum Laufen zu bringen. Sie war sehr stolz auf ihre Mitarbeiter, die sofort gehandelt und genau das getan hatten, wofür sie ausgebildet worden waren – sie hatten sie im Raum zurückgelassen und Hilfe geholt. Niemand wollte, dass ein Schadstoff sich ausbreitete und noch mehr Menschen verletzte oder tötete. Dieses Mal hatte die Bombe nur Pfefferspray enthalten, aber beim nächsten Mal könnte es Anthrax oder Sarin sein.

Wenn sie ehrlich zu sich selbst war ... hatte sie Glück gehabt. Trotzdem waren die letzten Stunden einfach nur beschissen gewesen. Sie hatte wirklich gedacht, das sei es gewesen, sie würde sterben. Als das Paket explodierte, hatte sie den Bruchteil einer Sekunde Zeit gehabt, all die Dinge zu bereuen, die sie in ihrem Leben nicht getan hatte, und einige der Dinge, die sie getan hatte. Als sie dann, anstatt zu sterben, mit den größten Schmerzen ihres Lebens zu Boden gefallen war und nicht mehr atmen konnte, hatte sie sich gewünscht, sie sei tot.

Und zu allem Überfluss war der Mann hereingekommen, den sie mehr als jeden anderen auf der Welt bewunderte und den sie beeindrucken wollte, als ihr der Rotz über das Gesicht lief, sie einen Haufen Erbrochenes vor sich liegen hatte und nichts tun konnte, um sich zu helfen.

Aber ... Storm war unglaublich gewesen. Er war stark, als sie schwach gewesen war. Er hatte übernommen und getan, was getan werden musste. Es war schon sehr lange her, dass sie sich auf jemanden hatte verlassen können. Als Storm gekommen war, hatte sie nur daran denken müssen, das zu tun, was er sagte. In seinen Armen hatte sie sich sicher gefühlt, und obwohl das Öffnen ihrer Augen höllisch wehgetan hatte, hatte sie es getan, als er es ihr befohlen hatte, dankbar dafür, ihn zu sehen.

Natürlich war es sinnlos, sich jetzt zu wünschen, sie sei zehn Kilo leichter, nachdem sie fast nackt vor ihm gestanden hatte. Aber sie konnte nicht allzu traurig sein, wenn sie sich an den Ausdruck in seinen Augen erinnerte, als sie ihn das letzte Mal gesehen hatte. Respekt und Bewunderung.

Vielleicht war sie auch nur im Delirium und es war tatsächlich Mitleid.

Sie schloss die Augen – weil es sich immer noch besser anfühlte, als sie offen zu haben –, legte den Kopf auf die Rückenlehne des Stuhls, auf dem sie saß, und betete, dass die Ärzte sich mit ihren Entlassungspapieren beeilen würden.

Die Minuten vergingen nur langsam. Ihr Kopf schmerzte. Sie wollte nur nach Hause gehen, noch einmal duschen – sie glaubte nicht, dass sie sich jemals wieder sauber fühlen würde – und schlafen. Sie war erschöpft und wollte über nichts mehr nachdenken.

Ihr knurrte der Magen, aber sie ignorierte es. Sie würde versuchen, einen Apfel oder etwas anderes zu essen, wenn sie nach Hause kam, aber ehrlich gesagt drehte ihr sich bei dem Gedanken an Essen der Magen um.

»Hey.«

Das eine Wort war leise, aber sie erschrak dennoch heftig.

Jane riss die Augen auf und starrte Admiral Storm North an. Er lehnte am Türpfosten ihres Zimmers und betrachtete sie. Sie hatte keine Ahnung, wie lange er dort gestanden hatte, aber sie hatte das Gefühl, dass es schon eine Weile gewesen war.

»Hi«, krächzte sie. Ihr Hals war wund vom vielen Husten, weshalb ihre Stimme für sie selbst komisch klang.

Storm runzelte die Stirn. »Was machen Sie noch hier?«

»Ich warte darauf, entlassen zu werden.«

Er schaute auf seine Armbanduhr. »Es ist zwanzig Uhr dreißig.«

Jane hob eine Augenbraue. »Ich weiß.«

»Verdammt«, murmelte er. »Ich bin gleich wieder da.«

Zu müde, um sich darum zu scheren, wohin er

ging, schloss Jane wieder die Augen und lehnte den Kopf an die Stuhllehne.

Es konnten fünf Minuten oder eine Stunde vergangen sein, als Storm zurückkam. »Der Arzt sollte in ein oder zwei Minuten mit Ihren Entlassungspapieren hier sein.«

Jane öffnete die Augen und sah ihn an. »Haben Sie gedroht, ihn vor ein Kriegsgericht zu stellen?«

Als Storm nicht einmal ein Lächeln zustande brachte, runzelte Jane die Stirn. »Das haben Sie nicht getan ... oder?«

»Nein«, sagte er und kam auf sie zu. Er hockte sich vor ihren Stuhl und schaute ihr in die Augen. »Wie fühlen Sie sich?«, fragte er leise.

Jane zuckte mit den Schultern. »Ich bin in Ordnung.«

Er runzelte die Stirn über ihre Antwort. »Wie wäre es, wenn Sie das noch einmal versuchen und diesmal ehrlich sind?«

Jane seufzte. »Es geht mir gut, Sir. Ich bin ein wenig müde, mein Kopf tut weh und meine Augen brennen noch etwas, aber morgen früh wird es mir wieder besser gehen.«

»Ich habe gesagt, Sie sollen mich Storm nennen. Wir können uns auch gern duzen«, erwiderte er.

Jane leckte sich über die Lippen. Sie sah, wie er den Blick zu ihrem Mund wandern ließ, bevor er ihn wieder hob. Sie konnte den Ausdruck in seinen Augen nicht lesen. »Ich bin mir nicht sicher, ob das angemessen ist.«

»Du arbeitest nicht für mich. Du bist nicht einmal in der Marine. Und nach dem, was wir heute erlebt haben, würde ich sagen, dass es mehr als angemessen ist.«

Jane konnte das nicht bestreiten. »Ich habe mich noch nicht bei dir bedankt, oder?«, fragte sie.

Storm schüttelte den Kopf. »Nicht nötig.«

Sie schnaubte. »Ich würde sagen, es ist nötig.«

Dann erschreckte er sie praktisch zu Tode, indem er eine Hand hob und an die Seite ihres Halses legte. Mit dem Daumen strich er leicht über die Unterseite ihres Kiefers, während er sagte: »Wie kann es sein, dass ich dich schon so lange kenne, ohne dich jemals wirklich gesehen zu haben?«

Die Frage war leise, und Jane war sich nicht sicher, ob er wirklich eine Antwort hören wollte oder ob er mit sich selbst sprach. So oder so bekam sie eine Gänsehaut.

»Ich bin froh, dass ich da war«, fuhr er fort. »Als ich hörte, dass in der Poststelle etwas passiert war, konnte ich nicht einmal daran denken, das Gebäude zu verlassen.«

»Warum?«, flüsterte Jane.

»Weil ich wusste, dass du dort unten sein würdest, um einzudämmen, was auch immer passiert war, und dass du vielleicht Hilfe brauchst.«

»Das war nicht klug«, schimpfte sie. »Wenn das Anthrax oder etwas Schlimmeres gewesen wäre, hätte es dich auch erwischt.«

»Aber das war es nicht, und du *hast* Hilfe gebraucht«, sagte er leichthin. »Und ich konnte *nicht* wegbleiben. Ich kann es nicht erklären. Ich habe plötzlich das Gefühl, dich schon ewig zu kennen, aber gleichzeitig weiß ich so gut wie nichts. Nach unserem Gespräch heute Morgen hatte ich beschlossen, die Dinge langsam anzugehen. Dich besser kennenzulernen. Dich vielleicht in einem Monat oder so um eine Verabredung zu bitten. Du bist lustig. Schön. Klug. Unabhängig. Alles Eigenschaften, die ich bewundere und respektiere.

Was heute passiert ist, fühlt sich an, als hätte mir jemand einen Klaps auf den Hinterkopf verpasst und mir gesagt, dass ich mich zusammenreißen soll. Ich weiß besser als die meisten anderen, wie kurz das Leben sein kann. Normalerweise bin ich ein Typ, der sich alles nimmt, was er will, aber bei dir dachte ich, ich sollte es langsam angehen. Ich meine, warum solltest du denken, dass ich ernsthaft interessiert bin, wenn ich dich, nachdem wir uns so lange kennen, plötzlich um eine Verabredung bitte? Also habe ich beschlossen zu warten. Aber ... scheiß drauf.«

Jane starrte Storm mit großen Augen an. War das sein Ernst? Das konnte nicht sein.

»Willst du morgen Abend mit mir essen gehen?«

»Mit dir?«, platzte es aus ihr heraus.

Er lachte. »Ja. Mit mir.«

Sie öffnete den Mund, um nicht nur *Ja*, sondern *Scheiße, ja* zu sagen, als der Arzt hereinkam.

Storm stand auf, verließ aber nicht den Raum.

»Tut mir leid, dass es so lange gedauert hat. Ich habe Ihre Papiere unterschrieben und Sie können nach Hause gehen. Wenn Ihre Augen nach weiteren acht Stunden immer noch brennen, kommen Sie bitte wieder und wir werden Sie erneut untersuchen. Und das meine ich ernst. Glauben Sie nicht, dass es einfach wieder weggeht. Tränengas ist ätzend, und Sie haben es direkt ins Gesicht bekommen. Sie könnten Ihr Augenlicht verlieren, wenn Sie es nicht ernst nehmen.«

Jane nickte dem Arzt zu. »Das werde ich.«

»Und Sie sollten sie heute Nacht mindestens alle drei Stunden ausspülen. Stellen Sie sich einen Wecker, um aufzustehen und es zu tun. Sie sollten zu Hause nicht einfach einschlafen und es vergessen. Das ist sehr wichtig, Miss Hamilton. Haben Sie jemanden, der dafür sorgen kann, dass Sie gut nach Hause kommen?«

Jane öffnete den Mund, um dem Arzt zu sagen, dass sie eine erwachsene Frau sei und ein Taxi nach Hause nehmen könne, aber Storm kam ihr zuvor.

»Ich bringe sie nach Hause.«

»Großartig.« Der Arzt wandte sich an den Admiral und übergab ihm ihre Entlassungspapiere, in denen er genau notiert hatte, worauf sie in den nächsten vierundzwanzig Stunden achten sollte. »Irgendwelche Fragen oder Bedenken?«

Die Frage war an Storm gerichtet, was sie ärgerte. Sie musste Storm jedoch lassen, dass er sie ansah und eine Augenbraue hob. Sie schüttelte den Kopf, weil sie einfach nur nach Hause gehen wollte, anstatt sich auf einen Streit über Frauenfeindlichkeit einzulassen.

»Okay. Kommen Sie wieder, wenn Sie mehr Schmerzen oder andere Symptome haben. Ich bin sehr froh, dass es Ihnen gut geht, Miss Hamilton. Leute, die Briefbomben verschicken, sind Feiglinge, und es ist gut, dass niemand schlimmer verletzt wurde.« Und damit drehte der Arzt sich um und verließ den Raum.

Jane blickte finster auf die Tür, als diese sich hinter ihm schloss.

Storm hielt eine Hand hoch. »Bevor du mir den Arsch aufreißt, ich hatte nichts damit zu tun. Und ich stimme dir zu, dass es sexistisch und nervig war. Er hätte mit dir reden sollen, nicht mit mir.«

Janes Wut entlud sich augenblicklich. »Ich hasse das«, sagte sie. »Ich meine, ich arbeite schon so lange auf diesem Stützpunkt, dass man meinen sollte, ich sei daran gewöhnt, herablassend behandelt zu werden, aber das bin ich nicht. Ich kann sehr gut auf mich selbst aufpassen und es ist verdammt unhöflich, dass er mir praktisch die Schulter tätschelt und mit dir anstatt mit mir spricht.«

»Ich bin derselben Meinung. Bist du bereit zu gehen?«

Jane holte tief Luft. Sie hätte sich weiter über den Sexismus und die Unprofessionalität des Arztes beschweren können, aber sie konnte seine Kompetenz nicht beanstanden. Außerdem war er so sanft wie möglich gewesen, als er ihre Augen gesäubert und sie untersucht hatte. »Ich bin bereit«, sagte sie. »Aber du musst mich nicht nach Hause bringen, Storm. Ich bin ein großes Mädchen, ich schaffe es allein.«

»Ich weiß, aber deine Wohnung liegt auf meinem Weg. Es ist keine große Sache.«

Jane stand auf und warf ihm einen Seitenblick zu. »Woher weißt du, wo ich wohne?«

Sie hätte schwören können, dass sie Storm erröten sah. »Ich ... äh ... habe recherchiert, bevor ich hergefahren bin. Ich dachte mir, wenn du noch hier bist, brauchst du vielleicht eine Mitfahrgelegenheit.«

Jane konnte sich ein Lächeln nicht verkneifen. »Gut. Du kannst mich nach Hause bringen.«

Als sie den Raum verließen, sagte Storm: »Du bist eine Frau, der man nur schwer einen Gefallen tun kann.«

Jane zuckte mit den Schultern. »Ich bin schon lange auf mich allein gestellt. Ich musste alles selbst machen. Ich habe auf die harte Tour gelernt, dass es mir nur das Herz bricht, wenn ich mich auf jemand anderen verlasse.«

Storm sah sie an, als sie durch das Wartezimmer des Krankenhauses gingen. »Es tut mir leid.«

»Das muss es nicht. Ich hatte lange Zeit, um über meinen Ex hinwegzukommen. Wie heißt es so schön in *Die Verurteilten*? Entweder man entscheidet sich zu leben, oder man entscheidet sich zu sterben. Ich habe mich entschieden zu leben.«

Dann schockierte Storm sie zum zweiten Mal innerhalb weniger Minuten, indem er ihre Hand in seine nahm. Er tat es so einfach, dass es sich völlig natürlich und nicht im Geringsten unangenehm anfühlte. »Einige Vögel sind nicht dazu geschaffen, eingesperrt zu werden«, sagte er leise, als sie nach draußen zum Parkplatz gingen. »Wenn sie davonfliegen, dann jubelt der Teil in mir, der weiß, dass es eine Sünde war, sie einzusperren, und dennoch ist es da, wo man lebt, trauriger und leerer, wenn sie weg sind.«

Jane blieb stehen, und da er ihre Hand hielt, blieb auch Storm stehen. »Das war auch aus *Die Verurteilten*«, erklärte sie unnötigerweise.

»Das war es. Der beste verdammte Film aller Zeiten. Ich habe ihn mindestens hundertmal gesehen, und jedes Mal, wenn ich durch die Sender schalte und sehe, dass er läuft, muss ich ihn mir ansehen. Die Stelle, an der Red erzählt, wie Andy Dufresne durch einen fünfhundert Meter langen Schacht voller

Scheiße in die Freiheit kroch, und er am Ende sauber daraus hervorgekommen ist, begeistert mich jedes Mal«, sagte Storm.

Jane nickte. »Die meisten Leute halten den Film nicht für besonders erbaulich, aber ich kann nicht anders, als daran zu denken, wie sehr Andy das Leben aller im Gefängnis verändert hat.« Dann errötete sie. »Ich meine ... ich weiß, dass es Fiktion ist, aber –«

»Ich weiß, was du meinst«, versicherte Storm ihr. Dann drückte er ihre Hand. »Komm, wir bringen dich nach Hause. Du musst doch müde sein.«

Und ohne ein weiteres Wort ließ Jane sich von ihm zu seinem Wagen, einem marineblauen viertürigen VW Golf, führen. Als sie drinnen waren und zum Ausgang des Stützpunktes fuhren, konnte sie nicht anders, als ihn zu necken. »Ein Golf?«, fragte sie.

Storm lachte. »Ich weiß, aber er hat einen Motor mit zweihundertzweiundneunzig PS, der so stark ist wie ein Ford Mustang. Ich bleibe gern unauffällig, möchte aber auch den Job erledigen können, wenn es darauf ankommt.«

Jane starrte ihn eine Sekunde lang an, dann biss sie sich auf die Lippe, um nicht zu lachen. Aber es war sinnlos. Sie brach angesichts seiner ernsten Miene in Gelächter aus.

Er blickte überrascht zu ihr hinüber, dann grinste er. Als sie sich wieder unter Kontrolle hatte, sagte er trocken: »Ich habe es nicht so gemeint, wie es sich anhörte.«

»Dachte ich mir«, entgegnete Jane.

»Das solltest du öfter tun«, sagte Storm.

»Was?«

»Lachen.«

Verlegen schaute Jane weg und starrte aus dem Fenster.

»Scheiße, tut mir leid. Das war ein Kompliment. Ich fand es toll, dass du selbst nach so einem beschissenen Tag immer noch etwas zum Lachen gefunden hast. Dein Lächeln erhellt dein Gesicht und macht dich noch schöner, als du ohnehin schon bist.«

Jane wandte sich wieder Storm zu. In ihrem Kopf drehte sich alles darum, wie er von einem der Männer, denen sie jeden Tag die Post zustellte, zu jemandem geworden war, der sie um eine Verabredung gebeten hatte und sich nun die Mühe machte, mit ihr zu flirten. Das war ebenso verwirrend wie schmeichelhaft und aufregend. Aber Jane hatte nicht vor, sich kopfüber in eine Beziehung mit *irgendjemandem* zu stürzen ... dafür war sie zu erschöpft.

»Du verwirrst mich«, gab sie leise zu.

»Wie das?«, fragte er, ohne zu zögern.

»Vor zwölf Stunden wusstest du nicht, dass es mich gibt. Und jetzt ...« Ihre Stimme wurde leiser.

Storm zuckte zusammen. »Ich gehe schnell vor. Ich weiß, es tut mir leid. Die Sache ist die ... Ich war schon immer ein Mann, der den Kopf unten hält und seine Arbeit erledigt. So war ich als SEAL und so bin ich auch als Kommandant. Ich neige dazu, mich immer nur auf eine Sache zu konzentrieren, und das ist nicht immer gut. Ich weiß schon eine Weile von dir, aber ich habe mir nie die Zeit genommen, dich kennenzulernen.

Heute Morgen wurde mir klar, dass ich ein Idiot war. Dass du die ganze Zeit direkt vor meiner Nase warst, aber ich war zu sehr damit beschäftigt, nach unten zu schauen und meine Arbeit zu erledigen. Ich habe den Wald vor lauter Bäumen nicht gesehen. Ich hatte schon beschlossen, das zu ändern. Ich wollte dich noch besser kennenlernen, und dann ist das mit dieser verdammten Bombe passiert. Das war ein gewaltiger Weckruf. Und ich bin ein sehr entschlossener Mann, Jane.«

»Ich bin keine Mission«, rügte sie ihn sanft. »Du kannst nicht einfach beschließen, dass du mich willst, und erwarten, dass du mich bekommst.«

Erstaunlicherweise stieg ihm Röte in die Wangen. »Ich weiß, und ich gehe das völlig falsch an. Ich bin immer noch bereit, die Dinge langsam anzugehen, aber ich sage dir von vornherein, was meine Absichten sind.«

»Und was *sind* deine Absichten?«, fragte Jane. »Ich bin nicht an etwas Zwanglosem interessiert«, fügte sie hinzu. »Aber ich bin auch nicht unbedingt auf der

Suche nach einem Ehemann. Das habe ich schon versucht, aber es hat nicht geklappt. Ich bin zu alt, um in Kneipen zu gehen und Männer aufzureißen, und ehrlich gesagt ... *brauche* ich keinen Mann.«

»Aber willst du einen?«, fragte Storm leise.

Jane blinzelte überrascht.

»Ich frage, weil ich, je älter ich werde, umso mehr merke, wie einsam ich geworden bin. Ich liebe meinen Job und das, was ich tue, aber wenn ich nachts allein in meinem Bett liege, frage ich mich, wie es wäre, jemanden zu haben, mit dem ich mein Leben teilen könnte. Ich weiß, dass die Zeit vergeht, und mit jedem Ticken der Uhr wird mein Leben kürzer. Irgendwann werde ich in den Ruhestand gehen müssen, und den Rest meiner Tage nur noch mit mir selbst zu verbringen ist nichts, worauf ich mich freue.«

Das war ein sehr tiefgründiges Gespräch, aber Jane konnte nicht anders, als sich aufgrund seiner Ehrlichkeit noch mehr zu Storm hingezogen zu fühlen. »Als ich geschieden wurde, dachte ich, ich würde jemand anderen finden und wieder heiraten. Aber als die Zeit verging und ich mit der Erziehung meiner Tochter zu kämpfen hatte, fand ich mich schließlich mit der Tatsache ab, dass ich für den Rest meines Lebens allein sein würde. Aber um deine Frage von vorhin zu beantworten: Ich habe nichts dagegen, einen Mann zu finden, den ich wieder lieben kann. Jemanden, der mich respektiert und nicht von mir erwartet, jemand zu sein, der ich nicht bin. Ich hätte gern jemanden, der einige meiner Interessen teilt, damit wir etwas haben, worüber wir reden können, wenn wir alt und grau sind. Na ja ... älter und grauer.«

»Wie zum Beispiel *Die Verurteilten*?«, fragte Storm.

»Ja«, sagte Jane leise. Mit Schrecken stellte sie fest, dass sie an ihrem Wohngebäude angekommen waren.

Storm hielt am Eingang an und drehte sich zu ihr um. »Gehst du morgen zur Arbeit?«, fragte er.

Jane nickte. »Ja. Es wird der reinste Wahnsinn sein. Ich bezweifle, dass die Poststelle schon geräumt sein wird, aber die Post hört nicht auf. Wir werden alles von Hand sortieren müssen. Ganz zu schweigen von den verärgerten Kunden, deren Sachen in der Poststelle in der Schwebe hängen. Ich muss dabei sein.«

»Ich dachte mir, dass du das sagen würdest.«

Jane gab ihm im Geiste Pluspunkte dafür, dass er nicht darauf bestand, dass sie zu Hause blieb und sich ausruhte.

»Ich weiß, dass wir normalerweise morgens um dieselbe Zeit zur Arbeit kommen. Ich habe dich mehr als einmal auf den Parkplatz fahren sehen. Da dein Wagen noch auf dem Stützpunkt steht, würde ich dich morgen gern hier abholen ... wenn du nichts anderes geplant hast.«

Janes erster Gedanke war abzulehnen. Sie wollte sagen, dass es eine Zumutung sei, wenn er sie abholen würde. Dass sie sich ein Taxi rufen könne.

Dann überlegte sie es sich anders. Sie war schon seit Monaten halb in diesen Mann verliebt. Sie wäre eine Idiotin, wenn sie auf sein Angebot nicht einginge. Vielleicht stellte er sich als Arschloch heraus, aber dann wüsste sie es wenigstens und könnte ihre dumme Schwärmerei beenden.

Aber was, wenn er es nicht war? Was, wenn er so toll war, wie er zu sein schien?

»Das würde mich freuen«, sagte sie schließlich.

Er lächelte. »Gut. Einen Moment lang dachte ich, du würdest ablehnen. Dann müsste ich nach Hause fahren, meine Wunden lecken und mir einen anderen Weg überlegen, um Zeit mit dir zu verbringen.«

»Na ja, du hast mich für morgen zum Essen eingeladen«, platzte Jane heraus und bereute es sofort. Scheiße, vielleicht hatte er das vergessen oder sogar seine Meinung geändert.

»Das habe ich. Aber du hast noch nicht geantwortet.«

»Ich mag keine Meeresfrüchte«, sagte sie. »Ich meine, ich weiß, dass wir in der Nähe der Küste leben, aber ich konnte mich nie damit anfreunden.«

»Zur Kenntnis genommen«, erwiderte Storm entspannt. »Ich werde auf jeden Fall ein Lokal aussuchen, das eine große Auswahl hat. Ich stehe nicht auf schicke Restaurants«, fügte er hinzu. »Schon gar nicht bei der ersten Verabredung.«

»Das ist in Ordnung für mich. Ich gehe lieber zu *Olive Garden* als ins *Ruth's Chris Steak House*.«

»Also haben wir eine Verabredung?«, fragte er.

Jane nickte.

Sein Blick bohrte sich in ihren. »Du wirst es nicht bereuen. Ich werde dich nicht enttäuschen, Jane«, sagte er ernst.

»Das hoffe ich«, antwortete sie. »Aber ich muss dich warnen, ich schwärme schon ewig für dich, also musst du einigem gerecht werden.«

Sie konnte nicht glauben, dass sie das zugegeben hatte, aber sie konnte auch nicht leugnen, dass Storm etwas an sich hatte, das sie völlig entspannte.

Jane liebte den Anblick des kleinen Grübchens auf seiner Wange, wenn er lächelte. »Ich werde mein Bestes tun, um deine Erwartungen zu erfüllen.« Dann hob er eine Hand und strich ihr eine Haarsträhne hinters Ohr. Seine Haut war warm und sie wünschte sich nichts sehnlicher, als den Kopf in seine Hand zu legen, aber sie unterließ es.

»Danke, dass du mir heute geholfen hast«, sagte sie. »Ich weiß nicht, was ich getan hätte, wenn du nicht aufgetaucht wärst.«

»Ich habe keinen Zweifel daran, dass du dich auf den Weg zur Dekontaminationsstation gemacht hättest, um dich abzuwaschen«, entgegnete er.

Jane war sich da nicht so sicher, aber es tat gut, dass er Vertrauen in sie hatte. »Ich hoffe, es hat dich nicht für immer gezeichnet, mich fast nackt zu sehen.« Sie hatte keine Ahnung, warum sie das gesagt hatte. Sie hatte vorhin beschlossen, so zu tun, als sei das nie passiert. Als hätte Storm North sie nicht ausgezogen und unter dem Duschstrahl festgehalten. Aber ihr Mund hatte die beunruhigende Angewohnheit, in Gegenwart dieses Mannes einen eigenen Willen zu entwickeln.

Er strich mit dem Daumen über ihre Wange, als er sagte: »In dem Moment habe ich an nichts anderes gedacht, als diese Scheiße von dir abzuwaschen, damit du wieder atmen kannst. Ich war im SEAL-Modus. Aber danach, als ich wusste, dass du wieder in Ordnung kommst, konnte ich nicht anders, als dich anzustarren, wie du vor mir stehst, klatschnass und nur mit deiner Unterwäsche bekleidet ... und ich muss sagen, ich kann mich an niemanden erinnern, der mich mehr angemacht hat.«

Jane erinnerte sich daran, dass sie eine reife Frau und kein errötender Teenager war, und erwiderte: »Ich bin nicht gerade jung ... mein Körper ist der Beweis dafür.«

»Das bin ich auch nicht«, konterte er. »Und glaub mir, du hast einen Körper, der zum Lieben gemacht ist. Deine Kurven haben praktisch kein Ende, und ich würde mich glücklich schätzen, wenn du dich in Zukunft mit mir teilen würdest.«

Ihr gefiel, wie er es ausdrückte. »Du bist auch nicht

schlecht«, fühlte Jane sich veranlasst zu sagen. »Und du hättest dich wirklich nicht ausziehen müssen, aber ... ich weiß es zu schätzen.«

Sie starrten sich einen Moment lang an. Jane hatte keine Ahnung, was er dachte, aber sie liebte den bewundernden Ausdruck, den sie in seinen Augen zu sehen glaubte, während er sie betrachtete.

»Ich sollte dir meine Nummer geben, falls du über Nacht etwas brauchst. Wenn es deinen Augen schlechter geht oder so.«

Jane nickte. »Okay.« Sie holte ihr Handy aus der Tasche, die ihr ein Beamter gebracht hatte, und speicherte seine Nummer ein, als er sie ihr nannte. Dann schickte sie ihm eine kurze SMS. »So, jetzt hast du meine auch.«

»Vergiss nicht, deinen Wecker so zu stellen, dass du alle paar Stunden aufstehst, um dir die Augen auszuspülen«, erinnerte Storm sie.

»Werde ich nicht.«

»Wenn du dich krank fühlst oder dir etwas komisch vorkommt, zögere nicht, mich anzurufen. Ich kann dich zurück ins Krankenhaus bringen.«

»Mir geht es gut«, versicherte Jane ihm.

»Trotzdem«, beharrte er.

»Okay, ich gebe dir Bescheid.«

»Wir sehen uns morgen früh«, sagte Storm.

Jane nickte und packte den Türgriff. Sie stieg aus und blieb einen Moment lang unbeholfen auf dem

Bürgersteig vor ihrem Wohngebäude stehen. Sie war nicht im Geringsten beleidigt, dass er ihr nicht die Tür geöffnet oder sie ins Haus begleitet hatte. Es war schon spät und er hatte sich die Mühe gemacht, sie nach Hause zu fahren. Sie wollte ihm nicht noch mehr zur Last fallen, indem sie ihn darum bat, zu parken und sie ins Haus zu begleiten, wenn sie es in den letzten zwei Jahrzehnten selbst geschafft hatte.

Aber das hieß nicht, dass sie nicht von Gefühlen durchströmt wurde, als sie sich an der Tür zu ihrem Haus umdrehte und sah, dass er noch nicht vom Bordstein weggefahren war. Dass er wartete, bis sie sicher im Inneren war.

Sie winkte ihm zu und er hob im Gegenzug das Kinn. Erst als sie die Tür öffnete und ins Haus ging, fuhr er schließlich vom Bordstein weg und nach Hause.

Es war ein gutes Gefühl, in ihrem eigenen Badezimmer zu duschen und ihre eigene Seife zu benutzen. Sie spülte sich noch einmal die Augen aus, wobei der Schmerz sie diesmal nur ein wenig zusammenzucken ließ, und machte sich bettfertig. Sie ignorierte das Knurren ihres Magens, kuschelte sich unter die Bettdecke und drückte eines der acht Kissen, die sie auf ihrem Bett hatte, an ihre Brust.

Der Tag hatte wie jeder andere begonnen und dann eine schreckliche Wendung genommen, aber jetzt freute Jane sich fast schon auf morgen. Sie würde auf der Arbeit viel zu tun haben und wahrscheinlich immer wieder dieselbe Frage beantworten müssen, wie es ihr ginge, aber nichts konnte ihre Vorfreude trüben.

Irgendwie hatte sie eine Verabredung mit *dem* Storm North bekommen. Ihre Erwartungen würden vielleicht nicht den Fantasien entsprechen, die sie schon so lange von ihm hatte, aber darüber wollte sie sich keine Gedanken machen. Sie würde die Sache so lange genießen, wie sie konnte.

KAPITEL VIER

Am nächsten Morgen fuhr Storm um fünf Uhr zweiunddreißig vor Janes Wohnung vor. Eines der Dinge, die er an Jane bewunderte, war ihre Arbeitsmoral. Sie hatte keine Angst davor, hart zu arbeiten, und das wusste er sehr zu schätzen. Er hatte sich so lange den Arsch aufgerissen – er war früh zur Ausbildung erschienen und hatte, ohne zu murren, Überstunden gemacht –, dass es für ihn zur Gewohnheit geworden war. Zu oft hatte er sich mit Frauen verabredet, die sich darüber beschwerten, wie früh er zur Arbeit ging und wie lange er nachmittags blieb. Er hatte das Gefühl, dass Jane sich nie darüber beschweren würde. Er hatte sogar das Gefühl, dass er derjenige wäre, der sich wünschte, sie würde weniger arbeiten, damit sie mehr Zeit mit *ihm* verbringen könnte.

Storm liebte seinen Job, aber wie er Jane schon am

Vortag gesagt hatte, wusste er, dass seine Zeit als Offizier zu Ende ging. Er hatte eine großartige Karriere bei der Marine hinter sich, aber er konnte nicht ewig arbeiten. Und er wollte seinen Ruhestand genießen. Und wenn er Rocco und sein Team sowie Wolf und *sein* Team sah, die alle glücklich verheiratet waren und ihre Beziehungen mit Erfolg führten, sehnte er sich danach. Mit Jane würde es vielleicht nicht funktionieren, aber er war zumindest offen für eine Beziehung.

Er zückte sein Handy, um ihr eine SMS zu schicken, damit sie wusste, dass er da war, aber das war nicht nötig. Er sah, wie sie ihr Gebäude verließ und auf ihn zukam. Nachdem sie die Wagentür geöffnet und sich hingesetzt hatte, musterte er sie einen Moment lang kritisch.

»Hi«, sagte sie fröhlich.

Das war eine weitere Sache, die er an ihr mochte. Sie war fast immer gut gelaunt. Zumindest schien sie das bei der Arbeit zu sein. Sie machte ihn glücklicher, indem sie einfach nur in seiner Nähe war. »Hi«, erwiderte er. »Du siehst aus, als ginge es dir besser. Deine Augen sind nicht mehr so blutunterlaufen.«

»Stimmt. Ich habe die Anweisung des Arztes befolgt und bin alle zwei oder drei Stunden aufgestanden, um sie auszuwaschen. Heute Abend könnte ich allerdings ein Zombie sein. Ich mag meinen Schlaf«, sagte sie mit einem kleinen Lächeln.

Storm runzelte die Stirn. »Wir können das Abendessen verschieben, wenn du zu müde bist.«

»Oh, nein, ich wollte nicht ... ich wollte nicht andeuten ... Mist«, grummelte sie mit gerümpfter Nase. »Mir geht es gut, Storm, ehrlich. Als Rose ein Teenager war, gab es Nächte, in denen ich *gar nicht* geschlafen habe, und ich habe es trotzdem geschafft, meine Schicht zu überstehen. Mir geht es gut.«

Je mehr Einblicke Jane ihm in ihr Leben gewährte, desto mehr wollte Storm wissen. »Du hast schon mehrmals erwähnt, dass deine Tochter schwierig war«, sagte er und ließ seine Stimme leiser werden, als er auf die Straße fuhr, die zum Stützpunkt führte.

»Das ist noch milde ausgedrückt«, entgegnete Jane. »Es war keine leichte Zeit, das steht fest. Sie hat gegen jede meiner Regeln verstoßen, gab mir die Schuld daran, dass ihr Vater gegangen war, und hasste mich im Grunde während ihrer gesamten Zeit auf der Highschool. Sie dachte, ich würde sie unterdrücken und wollte nicht, dass sie Spaß hat, während sie in Wirklichkeit mit Verlierern zusammen war, die alles taten, um sie in die Welt der Drogen zu ziehen.« Jane schüttelte den Kopf. »Ich hatte mich darauf gefreut, eine enge Freundschaft mit meiner Tochter zu haben. Ich hatte mich darauf gefreut, ihr beim Flötespielen in der Marschkapelle zuzusehen und stolz zu sein, wenn sie einen Platz in der Ehrenverbindung bekommt ... und stattdessen verbrachte ich die meiste Zeit damit, sie zu bedrängen, damit sie zur Schule geht, und vor ihrer Tür zu sitzen, um dafür zu sorgen, dass sie sich nicht mitten in der Nacht hinausschleicht.«

»Verdammt, das tut mir leid«, sagte Storm.

Jane zuckte mit den Schultern. »Ich liebe Rose, aber es gab Zeiten, in denen ich sie gehasst habe … wenn das Sinn macht.«

»Das tut es. Wie ist eure Beziehung jetzt?«, fragte er.

»Ganz in Ordnung. Wir werden nie beste Freundinnen sein, was schade ist, aber sie ruft mich ab und zu an und wir können uns gut unterhalten.«

»Das ist gut«, entgegnete Storm.

»Ja. Warst du schon mal verheiratet?«, fragte Jane.

»Nein. Und bevor du fragst, ich habe auch keine Kinder. Als SEAL war ich auf vielen Verabredungen, aber es erschien mir nie fair, jemanden dauerhaft an mich zu binden. Ich war viel unterwegs und ehrlich gesagt habe ich meine ganze Energie in meinen Job gesteckt. Ich wäre kein guter Ehemann gewesen.«

»Und das hat sich jetzt geändert?«

Storm respektierte sie für diese Frage. »Ja, das hat es. Weil ich nicht mehr im aktiven Dienst bin, bin ich jeden Abend zu Hause. Na ja, fast jeden Abend. Ich liebe, was ich tue, und ich nehme die Sicherheit der Männer in meinen Teams ernst. Aber ich lebe nicht mehr so für die Missionen wie früher. Ich behaupte nicht, dass ich ein perfekter Ehemann oder Fang sein werde, aber ich habe über die Jahre viel gelernt. Ganz zu schweigen davon, dass ich ein paar verdammt gute Vorbilder um mich habe. Konteradmiral Creasy ist einer meiner Mentoren. Er ist seit Jahren mit Brenae verheiratet und sie sind heute noch genauso verliebt wie damals, als sie sich kennenlernten. Das bewundere ich.«

»Es war sicher nicht einfach«, merkte Jane an.

»Natürlich nicht. Sie ist durch die Hölle gegangen, aber sie hat ihn nie aufgegeben, und Dag setzt alles daran, dass seine Frau glücklich und sicher ist.«

»Das ist das Gegenteil von meiner Ehe«, sagte Jane.

Storm war begeistert, dass sie sich ihm gegenüber öffnete. Er schätzte es, dass sie nicht über oberflächliche Themen wie das Wetter sprachen. Er sehnte sich danach, Jane besser kennenzulernen, und das war genau das, was ihn interessierte ... wie sie tickte.

»Inwiefern?«, fragte er, als sie nicht weitersprach.

»Jake hat aufgehört, es zu versuchen. Ich habe zu Hause mit unserem Kind auf ihn gewartet, während er sich amüsiert hat und praktisch nicht das Gefühl hatte, Verantwortung zu haben. Wenn er nach Hause kam, schimpfte ich mit ihm, weil er mich allein ließ und mir nicht mehr half. Je mehr ich meckerte, desto mehr zog er sich zurück. Bis er schließlich jemanden fand, mit dem es mehr Spaß machte und der nicht so ein Spielverderber war.«

»Das ist Blödsinn«, sagte Storm. »Ein Kind zu

haben ist eine große Verantwortung. Das hätte er von Anfang an wissen müssen. Und es braucht zwei Menschen, damit eine Beziehung funktioniert. Wenn er dir nicht geholfen oder dir nicht das Gefühl gegeben hat, geschätzt zu werden, liegt das an ihm, nicht an dir.«

»Ich schätze schon«, murmelte Jane. »Egal, es spielt keine Rolle. Wünsche ich mir, die Dinge wären anders gelaufen? Ja und nein. Ja, denn es hätte Rose glücklicher gemacht, ihre Teenagerjahre wären weniger schwierig gewesen. Nein, denn durch sein Weggehen habe ich gelernt, eine starke Frau zu sein. Ich glaube nicht, dass ich die Karriere hätte, die ich habe, wenn wir noch zusammen wären, und ich hätte definitiv nicht so viel Selbstvertrauen.«

Storm bewunderte Jane. Sie war in der Lage, das Gute in einer Situation zu finden, die alles andere als gut war. »Du bist unglaublich«, sagte er leise. Als er zu ihr hinüberschaute, sah er, dass sie rot wurde. Es war bezaubernd.

»Bin ich nicht. Ich bin einfach ich. Hast du etwas darüber gehört, wer das Paket geschickt hat?«, fragte sie.

Storm merkte, dass sie sich unwohl fühlte, und nahm sich vor, ihr in Zukunft so oft wie möglich Komplimente zu machen, damit sie hoffentlich wirklich glaubte, wie wunderbar sie war, und nicht dachte, er würde ihr nur etwas vormachen. »Noch nicht. Die

Beamten der Strafverfolgungsbehörde tun, was sie können, um es herauszufinden. Die Informationen, die du ihnen über die Verpackung und die Adresse gegeben hast, werden ihnen aber sicher helfen.«

»Ich kann mir nicht vorstellen, dass jemand etwas gegen den Konteradmiral hat. Ich kenne ihn zwar nur von der Arbeit her, aber soweit ich weiß war er immer sehr respektvoll und freundlich.«

»Das ist er«, stimmte Storm zu. »Aber er musste auch einige harte Entscheidungen treffen, wenn es um Personal und Missionen ging. Und das kann Feinde machen.«

»Glaubst du, es ist jemand, der für ihn gearbeitet hat?«, fragte sie.

»Ich denke, es ist noch zu früh, um das mit Sicherheit zu wissen. Aber normalerweise sind Leute, die so etwas per Post schicken, feige und haben Angst davor, jemanden von Angesicht zu Angesicht zu konfrontieren. Es könnte auch jemand sein, der keinen Zugang zum Stützpunkt hat und deshalb auf die Post zurückgreifen musste.«

»Daran habe ich nicht gedacht«, sagte Jane besorgt. »Glaubst du, dass er in Sicherheit ist? Jemand könnte zu ihm nach Hause kommen.«

Storm nahm ihre Hand in seine. Er hatte ihre Hand am Tag zuvor gehalten und es hatte sich so richtig angefühlt. So normal. Er war kein gefühlsbetonter Mensch, deshalb war er selbst überrascht, dass er wieder nach ihr griff, aber als sie ihre Finger mit seinen verschränkte, ging ein Ruck durch seinen Körper und er konnte sie nicht mehr loslassen. »Dag ist immer vorsichtig. Er wird nach allem Ungewöhnlichen Ausschau halten.«

»Gut.«

»Apropos ... wenn die Presse erst einmal von der Geschichte erfährt, wird es hektisch für dich werden.«

»Ja, das habe ich mir schon gedacht«, sagte Jane achselzuckend. »Die Reporter werden alle Details wissen wollen und mir ein paar Tage lang auf die Pelle rücken, aber dann wird irgendein Politiker etwas Dummes tun oder sagen und sie werden mich vergessen.«

»Sei einfach vorsichtig, okay?«

»Das werde ich. Zum Glück können sie auf dem Stützpunkt nicht an mich herankommen, also werde ich mich wie immer auf der Arbeit verstecken und Irgendwann werden sie es satthaben, meine Wohnung zu überwachen.«

Storm runzelte die Stirn, denn er mochte den Gedanken nicht, dass sie gegen die Paparazzi kämpfen musste, nur um nach Hause zu kommen. Aber da sie nicht übermäßig besorgt zu sein schien, wollte er keine große Sache daraus machen. »Wenn du eine Begleitung brauchst, sag mir Bescheid.«

»Danke. Aber ich glaube, du hast mich für ein paar Tage genug herumgefahren.«

Sie näherten sich den Toren des Stützpunktes und Storm nahm den Ausweis, den Jane aus ihrer Handtasche kramte. Er übergab ihn zusammen mit seinem eigenen Militärausweis an die Wachen und nickte, als diese ihn zurückgaben und sie weiterfahren durften. Er suchte in seinem Kopf nach einem anderen Gesprächsthema und schimpfte mit sich selbst, als ihm nichts einfiel. Er war aus der Übung, wenn es darum ging, mit Frauen zu reden, und er hasste es.

Er hielt auf dem Parkplatz des Gebäudes neben dem einzigen dort stehenden Fahrzeug, von dem er wusste, dass es Jane gehörte, und stellte den Motor ab. »Übertreibe es heute nicht«, bat er sanft.

Sie schenkte ihm ein kleines Lächeln. »Das kann ich nicht garantieren.«

»Ich weiß. Du bist mir sehr ähnlich. Aber ich muss dich warnen, ich wurde einmal bei einem Einsatz angeschossen und habe mich geweigert, die Anweisungen meines Arztes zu befolgen, und bin wieder zur Arbeit gegangen, bevor ich es hätte tun sollen. Am Ende habe ich anderthalb Wochen länger gefehlt, weil meine Wunde sich entzündet hatte und ich völlig außer Gefecht gesetzt wurde.«

»Ich wurde nicht angeschossen«, sagte Jane leise. »Mir geht es gut.«

»Ich weiß, aber Tränengas ist nicht gerade lustig. Und du hast eine ganze Ladung abbekommen. Geh es einfach locker an, okay?«

Sie nickte. Dann sagte sie nach ein paar Sekunden: »Es ist komisch.«

»Was ist komisch?«, fragte Storm, als sie nicht weiter darauf einging.

»Dass jemand sich Sorgen macht. Ich meine, ich war so lange auf mich allein gestellt und bin mit allem fertiggeworden, was das Leben mir in den Weg gestellt hat, dass es schon etwas seltsam ist, wenn jemand anderes sich für mein Wohlergehen interessiert.«

»Ich bin interessiert«, versicherte Storm ihr. »Ich weiß, dass wir uns erst noch kennenlernen müssen, aber ich hätte dich nicht eingeladen, wenn ich nicht sehen wollte, wohin die Dinge zwischen uns führen können. Und ich kann dich nicht kennenlernen, wenn du mitten bei der Arbeit tot umfällst, oder?«

Er liebte es, wenn Jane lachte. »Stimmt.«

Es war ihm unbegreiflich, wie er sie so lange nicht hatte »sehen« können. Jetzt, da er es getan hatte, konnte er weder seine Augen noch seine Gedanken von ihr abwenden.

»Komm schon, wenn wir noch länger hier draußen sitzen, wird jemand sich wundern, was wir hier machen«, sagte sie.

»Wir könnten demjenigen etwas zum Wundern geben«, schlug Storm vor, bevor er sich zurückhalten konnte.

Es dauerte eine Sekunde, bis sie reagierte, aber dann lachte sie wieder. »Ich küsse nicht bei der ersten

Verabredung«, erklärte sie mit einem Augenzwinkern. »Aber vielleicht morgen.«

Mit jedem Wort, das sie sagte, mochte Storm sie mehr und mehr. Er nahm an, dass sie ihn auch darauf aufmerksam machen wollte, nach ihrer Verabredung heute Abend nichts zu erwarten, was klug von ihr und ihm auch recht war. Er genoss ihr Werben ... auch wenn es nur ein Tag gewesen war.

»Ich mag dich, Jane Hamilton«, platzte er heraus.

Sie wurde rot und sagte leise: »Ich mag dich auch, Storm North.«

Dann stiegen sie beide aus seinem Wagen aus und gingen nebeneinander ins Gebäude, um sich an die Arbeit zu machen.

Die Arbeit war beschissen gewesen.

Aber es war nicht das erste Mal und es würde auch nicht das letzte Mal sein.

Jane hatte alle Hände voll zu tun, sobald sie den Raum betrat, der ihnen für den Tag zur Verfügung gestellt worden war, bis zu dem Moment, als sie ihn um siebzehn Uhr wieder verließ. Normalerweise hätte sie länger gearbeitet, aber ihr Kopf tat weh ... und sie hatte eine Verabredung, für die sie sich vorbereiten musste.

Storm hatte ihr vor ein paar Stunden eine SMS

geschickt, um sich zu vergewissern, dass die Verabredung noch stand, und sie brachte es nicht übers Herz, ihm abzusagen. Außerdem wollte sie mit ihm zum Abendessen gehen. Sie wollte ihn besser kennenlernen. Je mehr Zeit sie mit ihm verbrachte, desto mehr Zeit *wollte* sie mit ihm verbringen. Er könnte ihr definitiv das Herz brechen, viel mehr als Jake es getan hatte. Aber wer nicht wagt, der nicht gewinnt. Und dies war Storm. Der Mann, den sie schon seit einer gefühlten Ewigkeit begehrte. Sie würde nicht Nein sagen.

Die Poststelle sollte morgen wieder für sie bereit sein. Die Strafverfolgungsbehörde hatte ihre Ermittlungen heute abgeschlossen und die Poststelle von oben bis unten gereinigt, um den verbleibenden Gestank des Tränengases zu beseitigen. Jane war mehr als bereit, zur Normalität zurückzukehren, auch wenn sie noch eine ganze Weile in höchster Alarmbereitschaft sein würden, um zu sehen, ob noch weitere Bomben zum Stützpunkt geliefert wurden.

Aber jetzt freute Jane sich erst einmal auf ihre Verabredung. Es war schon viel zu lange her, dass sie auf einer Verabredung war, und als sie vor ihrem Kleiderschrank stand, fragte sie sich, was sie anziehen sollte. Sie wollte nicht so aussehen, als würde sie sich zu sehr bemühen, aber andererseits wollte sie auch nicht so aussehen, als wäre es ihr egal.

Schließlich entschied sie sich für ihre Lieblingsjeans und ein langärmeliges schwarzes Oberteil mit V-Ausschnitt, das ihre Schultern zeigte. So fühlte sie sich sexy, selbstbewusst und nicht unpassend gekleidet – weder in die eine noch in die andere Richtung. Sie hatte keine Ahnung, wohin Storm sie zum Abendessen ausführte, aber sie dachte sich, dass sie mit dem, was sie anhatte, nichts falsch machen konnte, egal wo sie landeten.

Storm hatte ihr angeboten, sie abzuholen, und obwohl sie ein schlechtes Gewissen hatte, weil er sie in letzter Zeit überall hinfuhr, hatte sie zugestimmt.

Sie war nicht überrascht, als er fünf Minuten zu früh an ihre Tür klopfte. Sie war immer zu früh dran, egal wo sie hinging, und es gefiel ihr, dass er genauso zu sein schien.

»Hi«, sagte sie, als sie die Tür öffnete. »Ich bin fertig, ich muss nur noch meine Tasche holen.«

»Du siehst wunderschön aus«, sagte Storm, während er sie von Kopf bis Fuß musterte.

Jane wusste, dass sie rot wurde, aber es war ihr egal. »Du auch. Stattlich, meine ich.« Und das tat er. Er trug ebenfalls eine Jeans, die seine muskulösen Oberschenkel umspielte. Sie war daran gewöhnt, ihn in seiner Uniform zu sehen, und es hatte einfach etwas äußerst Sexuelles, ihn leger in Jeans zu sehen. Er trug ein hellblaues Polohemd, das seine haselnussbraunen Augen noch mehr zum Strahlen brachte.

Er machte einen Schritt auf sie zu, legte eine Hand

auf ihre Taille und lehnte sich zu ihr. Er küsste sie kurz auf die Wange, bevor er sich zurückzog.

»Du riechst gut«, platzte sie heraus, dann rümpfte sie die Nase.

Aber er lächelte nur. »Danke. Ich habe heute Nachmittag mit einem meiner Teams trainiert und dachte, du würdest bei meinem Gestank nicht in meiner Nähe sein wollen, also musste ich duschen, bevor ich losgefahren bin.«

»Das weiß ich zu schätzen«, neckte sie. »Ich meine, manche Mädchen mögen den natürlichen Geruch, aber ich gehöre nicht dazu.«

»Das ist mir aufgefallen«, sagte er. »Und du riechst auch gut.«

»Danke. Das ist meine Lotion.«

Sie standen im Eingangsbereich ihrer Wohnung und starrten sich einen Moment lang an, bevor sie sagte: »Ich sollte meine Tasche holen, damit wir gehen können.«

Erst dann wich Storm einen Schritt zurück. Während Jane ihre Handtasche holte, musste sie daran denken, wie gut die Chemie zwischen ihnen stimmte. Es schien auch so, als sei er hundertprozentig dabei, nachdem er sich entschieden hatte, es mit ihr zu versuchen. Er war intensiv und zielstrebig, und es fühlte sich gut an, seine Aufmerksamkeit zu bekommen.

Und irgendwie hatte sie das Gefühl, dass die Schwärmerei, die sie so lange für ihn gehegt hatte, nichts im Vergleich zu der Zuneigung war, die sie für ihn empfinden könnte. Sie hatte keine Ahnung, wie stark das Gefühl werden würde, wenn sie sich weiter mit ihm traf, wenn sie schon nach einem Tag diese Anziehungskraft zu ihm verspürte.

Kopfschüttelnd beschloss Jane, den Moment zu genießen, schnappte sich ihre Handtasche und ging zurück zu Storm. Wie ein Gentleman war er nicht weiter in ihre Wohnung gekommen und wartete immer noch vor ihrer Tür. Draußen war es warm genug, dass sie weder Jacke noch Pullover brauchte, da sie ein langärmeliges Hemd trug, und so verließen sie beide ihre Wohnung und sie schloss die Tür hinter sich.

Storm nahm ihre Hand, als er sie zum Aufzug führte, und sie konnte das innerliche Kribbeln bei dieser Berührung nicht unterdrücken. Als sie in seinem Wagen saßen und sich auf den Weg machten, durchbrach sie die angenehme Stille, indem sie fragte: »Wohin bringst du mich heute Abend?«

Zum ersten Mal sah Storm nervös aus. »Ich habe darüber nachgedacht, was du heute Morgen gesagt hast, dass du müde bist und doppelt so viel arbeiten musst, um mit der Post fertig zu werden, und ich dachte mir, dass du vielleicht mit etwas Zwanglosem heute Abend einverstanden bist.«

»Das klingt gut«, sagte sie ehrlich.

»Hast du irgendwelche Probleme mit den Medien?«, fragte er. »Ich habe niemanden vor deiner Wohnung gesehen.«

»Keine Probleme. Die Pressestelle hat heute eine Meldung herausgegeben und mein Name wurde als die Person erwähnt, die das Tränengas ins Gesicht bekommen hat. Als ich nach Hause kam, waren ein paar Reporter da und ich habe einen kurzen Kommentar abgegeben, und das war's. Ich glaube, sie interessieren sich mehr für den Konteradmiral, da er das Ziel der Bombe war. Er tut mir leid, aber ich freue mich für mich«, erklärte Jane mit einem Lächeln.

»Dag wird sich um die Presse kümmern. Mach dir keine Sorgen um ihn. Ich bin froh, dass du nicht belästigt wirst.«

»Ich auch«, sagte sie.

Sie bemerkte erst, dass Storm ihr nicht erzählt hatte, wohin sie zum Abendessen fuhren, als sie auf den Parkplatz einer Reihe von gehobenen Reihenhäusern in der Nähe des Stützpunktes einbogen. Er fuhr in eine Parklücke, stellte sein Fahrzeug ab und drehte sich zu ihr um. »Vielleicht bin ich zu weit gegangen, aber ich dachte, ich koche heute Abend für dich. So kannst du dich entspannen und musst dir keine Sorgen machen, dass uns jemand beim Essen stört.«

»Passiert das oft?«, fragte Jane neugierig.

»Was?«

»Dass du während einer Verabredung gestört wirst?«

»Nun, ich hatte schon lange keine Verabredung mehr, aber ja, es ist schon das eine oder andere Mal passiert. Ich wollte nur, dass du dich heute Abend völlig entspannen kannst. Es waren ein paar harte Tage für dich. Aber wenn du dich dabei unwohl fühlst, können wir definitiv irgendwo hingehen.«

Jane schüttelte den Kopf. »Nein, ist schon gut. Aber ich habe eine Frage, bevor ich zustimme.«

»Natürlich. Du kannst mich alles fragen«, sagte Storm.

»Kannst du kochen?«

Er grinste. »Ja, Jane, ich kann kochen.«

»Gut. Denn ich kann es überhaupt nicht. Ich würde gern den Abend mit dir bei dir zu Hause verbringen. Aber ich habe es vorhin ernst gemeint ... ich küsse nicht bei der ersten Verabredung.«

»Bei mir bist du sicher«, sagte Storm ernst. »Ich würde dich nie zu etwas drängen, was du nicht willst.«

»Danke. Ich mag zwar alt sein, aber ich bin immer noch sicherheitsbewusst«, erwiderte sie.

»Du bist nicht alt, und ich habe kein Problem damit, dass du sicher sein willst. Gibt es jemanden, dem du sagen möchtest, wo du heute Abend bist? Nur für den Fall?«

Jane wusste zu schätzen, dass er das Thema ansprach. »Ich habe meiner Tochter schon gesagt, dass ich heute Abend eine Verabredung habe. Sie kennt deinen Namen, deinen Dienstgrad und weiß, wo du arbeitest. Ich werde ihr gleich eine SMS schicken und ihr deine Adresse geben. Vielleicht ist es ihr egal, aber zumindest habe ich es jemandem gesagt, und wenn ich am Ende in kleine Stücke zerhackt und in verschiedenen Mülltonnen in der Stadt verteilt werde, wird jemand wissen, mit wem ich zuletzt zusammen war.« Sie lächelte, um ihn wissen zu lassen, dass sie ihn aufziehen wollte ... mehr oder weniger.

Anstatt beleidigt zu sein, lächelte Storm noch breiter. »Gut. Komm schon, ich muss noch das Essen vorbereiten. Ich wollte nicht damit anfangen, bevor ich dich abgeholt habe, falls du stattdessen irgendwo hingehen wolltest.«

Jane gab ihm keine Gelegenheit, zu ihrer Seite des Wagens zu kommen und die Tür zu öffnen, aber er wartete auf sie, als sie ausstieg, und nahm erneut ihre Hand in seine. Es war verrückt, wie schnell sie sich daran gewöhnt hatte. Daran, dass er ihre Hand hielt, während sie gingen. Er blieb einen halben Schritt vor ihr, als würde er sie vor allem beschützen, was auf sie zukommen könnte.

Er führte sie zu einem Haus am Ende der Häuserreihe und ließ ihre Hand nicht los, als er die Tür aufschloss. Er stieß sie auf und zog sie hinein. Er ließ seinen Schlüssel in eine Schale fallen, die auf einem kleinen Tisch im Eingangsbereich stand, und drehte sich zu ihr um. »Wenn du müde bist, sag mir Bescheid, dann bringe ich dich nach Hause.«

»Danke.«

Er sah sie einen Moment lang an, dann sagte er mit einem reumütigen Lächeln: »Je mehr Zeit ich mit dir verbringe, desto wohler fühle ich mich. Es ist schon irgendwie verrückt.«

»Mir geht es genauso«, versicherte sie ihm.

Er führte eine Hand zu ihrem Gesicht und strich mit dem Daumen unter einem Auge entlang. »Sie sind immer noch ein bisschen rot. Kannst du gut sehen? Ist nichts verschwommen?«

Janes Herz schmolz angesichts seiner Sorge dahin. »Mir geht es gut. Der Arzt hat gesagt, dass die Rötung in etwa einem Tag abklingen sollte.«

»Es tut mir leid, dass dir das passiert ist«, sagte Storm leise. »Ich kann Tyrannen nicht ausstehen. Und das Arschloch, das nicht den Mumm hatte, sich direkt an Dag zu wenden, ist nichts anderes als ein Tyrann.«

Für eine Sekunde sah Jane den knallharten SEAL, der Storm gewesen sein musste. Sein Blick wurde hart, und wäre sie das Ziel seines Zorns gewesen, hätte sie sich in die Hose gemacht, aber so schnell die Wut und die Gefahr sich in seinen Augen zeigten, verschwanden sie auch wieder. »Tut mir leid, ich wollte es nicht erwähnen.«

»Ist schon gut. Und wenn ich jemals wieder das Ziel von so etwas sein sollte, möchte ich dich an meiner Seite haben, das ist sicher. Du bist ein knallharter Typ, Storm.«

Er lächelte und schüttelte den Kopf. »Hoffentlich wirst du diesen Teil von mir nie sehen. Ich habe in meinem Leben Dinge getan, auf die ich nicht gerade stolz bin. Ich habe eine Menge Leute getötet. Ich habe mein Bestes getan, um das hinter mir zu lassen.«

»Ich weiß nicht, ob es gesund ist zu vergessen, was man getan hat. Du musst lernen, damit zu leben und weiterzumachen. Wenn du mich fragst, wirst du sehr respektiert ... zumindest in meiner kleinen Ecke der Welt. Du bist nie ein Arschloch zu meinen Angestellten und du redest nie von oben herab mit ihnen, obwohl sie nur Postangestellte sind. Das bedeutet mir sehr viel. Ich meine, es hat nichts damit zu tun, dass du Leute umgebracht hast, die es sicher verdient hatten zu sterben, weil sie Arschloch-Terroristen waren, aber dein guter Charakter scheint durch, egal was du in der Vergangenheit getan hast.«

»Danke«, sagte er. »Und du und deine Mitarbeiter sind nicht ›nur‹ irgendetwas. Ihr arbeitet hart und tragt euren Teil dazu bei, dass der Stützpunkt reibungslos läuft.«

»Siehst du? Du bist ein netter Kerl.«

»Außer wenn jemand bedroht wird, den ich mag und respektiere.«

»Offensichtlich«, sagte sie lächelnd. »Dann erwarte ich, dass du ein harter Kerl bist und den bösen Jungs in den Hintern trittst.«

Storm lachte, und Jane war froh, dass die Anspannung aus seinen Augen wich.

»Du hast gesagt, du kannst nicht kochen, aber wie gut kannst du schnippeln?«

»Du meinst, abgesehen von dem einen Mal, als ich mir fast die Fingerspitze abgeschnitten habe?«, fragte Jane. Sie konnte nicht anders, als über den entsetzten Blick in seinen Augen zu lachen. »Ein Scherz! Ich mache nur Spaß!«, beruhigte sie ihn. »Ich bin ein Profi im Schnippeln.«

»Vielleicht lasse ich dich stattdessen die Blätter für den Salat reißen«, sagte Storm, legte einen Arm um ihre Taille und umarmte sie, bevor er sie in die Küche zog.

Als sie kicherte, wurde Jane klar, dass sie im ganzen letzten Jahr nicht so viel gelacht hatte wie in den letzten anderthalb Tagen. Obwohl sie mit Tränengas besprüht worden war, war sie so glücklich wie schon lange nicht mehr.

Allein Storms Anwesenheit brachte sie zum Lächeln.

Bitte spiel nicht mit mir, flehte sie leise, als Storm sie auf einen Barhocker setzte und zum Kühlschrank ging, um ihr einen Salatkopf zu holen.

Storm schaute auf die Frau hinunter, die an seiner Seite schlief, und lächelte.

Er hatte heute Abend so viel Spaß gehabt wie schon seit Langem nicht mehr. Sie hatte den Salat vorbereitet, während er die Steaks zubereitete, die er auf dem Heimweg gekauft hatte, bevor er sie abholte. Während sie kochten, unterhielten sie sich über alles Mögliche, angefangen bei ihrer Heimat bis hin zu ihrem Abscheu vor dem Verkehr in Südkalifornien.

Die Unterhaltung war entspannt, und kein einziges Mal fühlte es sich unangenehm an. Sie zögerte nicht, beim Abwaschen zu helfen, und lachte, als sie seine Sammlung lustiger Tassen sah, die er im Laufe der Jahre erworben hatte.

Als alles aufgeräumt war, setzten sie sich auf seine Couch, um – was sonst – *Die Verurteilten* zu sehen, und sie war innerhalb weniger Minuten eingeschlafen. Storm wusste, dass er sie wecken und nach Hause bringen sollte, aber er genoss es, sie zu halten, während sie schlief. Sie hatte den Kopf auf seine Schulter gelegt, als sie sich hingesetzt hatten, und nicht protestiert, als er einen Arm um sie gelegt hatte.

Storm hatte keine Ahnung, was es war, das sich bei Jane so richtig anfühlte. Er hatte schon viele erste Verabredungen gehabt, aber keine war so befriedigend gewesen wie diese. Vielleicht lag es daran, dass der Druck, Sex zu haben, vom Tisch war. Sie hatte ihre Haltung dazu mehr als deutlich gemacht, und ehrlich gesagt war es eine Erleichterung. Storm sehnte sich nach einer tieferen Verbindung zu jemandem, und mit Jane bekam er genau das.

Auf dem Fernsehbildschirm begann die Stelle in *Die Verurteilten*, an der Andy Dufresne die italienische Oper abspielte, und die Musik war laut in dem Raum um sie herum. Jane rührte sich und öffnete die Augen.

»Mist, ich bin eingeschlafen«, murmelte sie.

Storm konnte nicht anders, als wieder zu lächeln. »Das bist du«, stimmte er zu.

»Das ist unhöflich. Du hättest mich anschubsen sollen.«

»Das hätte ich auf keinen Fall getan. Du hast ein paar harte Tage hinter dir. Außerdem ist es nicht schwer, dich zu halten«, erklärte Storm.

Ihm gefiel, wie sie rot wurde.

»Willst du, dass ich dich nach Hause bringe?«, fragte er.

Er war begeistert, als sie den Kopf schüttelte. »Noch nicht ... wenn das in Ordnung ist. Ich fühle mich wirklich wohl. Und wir sind noch nicht bei dem guten Teil des Films angelangt. Ich liebe das Ende, wenn Red erzählt und alles zusammenfasst.«

»Das ist mehr als in Ordnung«, versicherte Storm ihr.

»Kannst du mir von deinen Teams erzählen?«, fragte sie.

»Wow, das kam aus heiterem Himmel«, neckte er.

Jane kicherte. »Ja, mein Verstand arbeitet auf seltsame Weise. Vorhin hast du gesagt, dass deine Männer es schaffen, trotz ihrer Arbeit im SEAL-Team eine liebevolle Beziehung zu führen. Da musste ich daran denken, was neulich auf dem Parkplatz unseres Gebäudes passiert ist, als die verrückte Frau versucht hat, den SEAL zu erschießen, und wie seine Freundin unter die Fahrzeuge gekrochen ist, um ihre Knöchel zu packen. Und das hat mich zum Nachdenken gebracht, wie schwer es für dich gewesen sein muss, Phantom dafür zu bestrafen, dass er deinen Befehl missachtet hat und nach Übersee geflogen ist, um seine Freundin zu retten, obwohl sie zu dem Zeitpunkt nicht zusammen waren. Und *dann* habe ich darüber nachgedacht, wie schwierig es sein muss, ihr Chef und ihr Freund zu sein.«

Storm lachte. Er liebte es, einen Einblick in ihre Gedankenwelt zu bekommen. Er rutschte ein Stück auf der Couch nach unten und seufzte zufrieden, als Jane sich fester an ihn schmiegte. »Ich weiß nicht, wo ich anfangen soll«, gab er zu.

»Mit wie vielen Teams arbeitest du zusammen?«

»Drei. Das hört sich vielleicht nicht nach viel an, aber es ist mir wichtig, alles darüber zu erfahren, wohin sie geschickt werden könnten, damit sie nicht mit unvollständigen Informationen in eine Situation geraten. Es ist eine Menge Arbeit. Und wenn ein Team auf eine Mission geschickt wird, recherchiere ich immer noch in anderen Regionen der Welt, in die die anderen beiden geschickt werden könnten. Ganz zu schweigen davon, dass ich ihren Familien bei allem, was auftauchen könnte, helfen und auch die Behördengänge erledigen muss. Das hält mich auf Trab.«

Jane schnaubte. »Das ist die Untertreibung des Jahres«, murmelte sie leise. »Erzähl mir von dem Team, das an dem Vorfall auf dem Parkplatz beteiligt war.«

»Du weißt bereits, dass Phantom derjenige war, der ins Visier genommen wurde. Eine Frau, mit der er ausgegangen war, war von ihm besessen und beschloss, wenn sie ihn nicht haben kann, dann kann ihn niemand haben. Wie du weißt, war die Sache schnell erledigt, und zum Glück wurde niemand verletzt.«

»Ich habe gehört, dass du ihm für die Missachtung deiner Befehle praktisch einen Klaps auf die Finger gegeben hast ... war das eine schwere Entscheidung?«

»Überhaupt nicht«, sagte Storm. »Was er getan hat, war dumm, denn er hätte verletzt werden können. Er ist ohne Verstärkung losgezogen, um Kalee zu holen, was sehr schlimm hätte enden können. Aber die Sache ist die ... Das ist genau die Art von Aktion, die ich in seinem Alter gemacht hätte. Der Gedanke, dass die junge Frau in Übersee festsaß, war schrecklich, aber da wir von der Regierung in Timor-Leste keine Erlaubnis zur Rückkehr hatten, waren uns die Hände gebunden.«

»Aber es geht ihr gut?«, fragte Jane.

Storm nickte. »Ja, ihr geht es blendend. Und ich bin verdammt stolz auf Phantom. Ich bin froh, dass die Dinge zwischen ihm und Kalee gut laufen. Er hat es verdient, eine so starke Frau wie sie an seiner Seite zu haben. Das haben sie alle. Rocco, Gumby, Ace, Bubba und Rex ... sie sind gute Männer, die alles tun, was von ihnen verlangt wird, ohne sich zu beschweren. Ich bin froh, dass sie alle jemanden haben, zu dem sie nach Hause kommen können.«

»War jemand für dich da, als du von deinen Einsätzen nach Hause kamst?«, fragte sie.

Storm seufzte. »Nicht wirklich. Es gab hier und da Frauen, aber keine konnte mit der Geheimhaltung umgehen, die mit meinem Job einherging. Sie mochten es nicht, nicht zu wissen, wo ich war oder wann ich nach Hause kommen würde. Und es gefiel ihnen *gar* nicht, dass ich ihnen nach meiner Rückkehr nichts über die Missionen erzählen konnte. Manche dachten wegen der ganzen Geheimniskrämerei, ich würde sie betrügen, und andere hatten einfach die Nase voll davon, dass ich nicht da war.«

»Das war nicht fair«, sagte Jane leise.

»Es war, was es war«, entgegnete Storm sachlich. »Ehrlich gesagt war ich meistens erleichtert, wenn sie die Sache beendeten. Ich kann nicht behaupten, dass ich ein guter Freund war, und wie ich schon sagte, fand ich es nicht fair, jemandem den Herzschmerz und die

Sorgen zuzumuten, die man als Partner eines SEALs hat. Ich bin verdammt stolz auf meine Männer. Es ist nicht leicht, ein SEAL zu sein und eine Familie zu haben.«

Storm schaute nach unten und sah, dass Jane ihn aufmerksam musterte. »Was?«, fragte er.

»Ich ... Du hörst dich an, als hättest du dich damit abgefunden, Single zu sein.«

Storm dachte eine Sekunde lang darüber nach. »Ich schätze, das habe ich auch irgendwie getan. Ich bin zwar kein SEAL mehr, aber ich habe genauso viel zu tun wie damals, als ich jünger war. Ich kämpfe nicht mehr an vorderster Front, aber ich bin noch genauso engagiert wie damals. Ich arbeite lange, und ich bin mir nicht sicher, ob das irgendjemand ertragen will.«

Am liebsten hätte er die Worte sofort zurückgenommen, aber sie waren bereits ausgesprochen.

»Als mein Mann mich verließ, war ich so sehr damit beschäftigt, meinen Kopf über Wasser zu halten und unsere Wohnung nicht zu verlieren, dass ich keine Zeit hatte, über eine neue Beziehung nachzudenken. Als Rose dann mit ihren Problemen zu kämpfen hatte, konnte ich nur noch an sie denken. Nachdem sie ausgezogen war, machte ich mir einige Jahre lang Sorgen um sie, weil ich wusste, dass sie da draußen Drogen nahm und andere gefährliche Dinge tat. Erst in den letzten fünf Jahren habe ich darüber nachgedacht, mein Leben wieder mit einem Mann teilen zu wollen.

Aber ... es ist nicht so einfach, in meinem Alter jemanden zu finden, der ernsthaft eine Beziehung will, wie in meinen Zwanzigern. Die Männer, mit denen ich ausgegangen bin, wollten entweder eine Frau, die alles bezahlt, damit sie zu Hause bleiben und den ganzen Tag Sport gucken können, oder es hat sie abgeschreckt, dass ich sie nicht *brauche*. Ich habe mich an meine eigene Gesellschaft gewöhnt und verdiene jetzt genügend Geld, um es angenehm zu haben. Das macht vielen Männern Angst.«

»Mir macht es keine Angst«, versicherte Storm ihr. »Eigentlich ist es eine Erleichterung. Ich meine, ich bin froh, dass du dein eigenes Geld verdienst und offensichtlich auf dich selbst aufpassen kannst.«

Sie lächelten sich einen Moment lang an.

»Es tut mir nur leid, dass ich so lange gebraucht habe, um dich zu bemerken«, erklärte Storm ehrlich.

Jane zuckte mit den Schultern. »Vielleicht war es einfach nicht der richtige Zeitpunkt.«

»Vielleicht nicht«, stimmte Storm zu, »aber ich bin froh, dass ich neulich endlich in die Gänge gekommen bin. Als ich hörte, dass du in Schwierigkeiten steckst, konnte ich an nichts anderes denken, als zu dir zu gelangen.«

»Das ist mir immer noch peinlich«, gab Jane zu.

»Warum?«

»Weil du mich auf Händen und Knien vorgefunden hast, mit Rotz im Gesicht und nachdem ich mich ausgekotzt hatte. Dann musste ich mich vor dir ausziehen. Nicht gerade die Art und Weise, wie ich mir vorgestellt hatte, dass du mich endlich *bemerkst*.«

»Willst du wissen, was ich sah, als ich die Poststelle betrat?«, fragte Storm.

»Nein«, sagte Jane, nickte jedoch.

Storm grinste, dann wurde er ernst. »Ich sah eine Frau, die selbstlos alle ihre Angestellten in Sicherheit gebracht hatte. Sie war angeschlagen, aber nicht gebrochen. Und glaub mir, als ich das erste Mal Tränengas eingeatmet habe, habe ich viel schlimmer reagiert als du ... und ich habe es nicht direkt ins Gesicht bekommen.«

Sie hob ungläubig eine Augenbraue.

»Doch, habe ich«, beharrte er. »Ich habe mir in die Hose gepisst, während es sich anfühlte, als würde ich mir die Lunge aushusten.«

Storm gefiel das Lächeln, das Jane vor ihm zu verbergen versuchte. »Ernsthaft?«

»Ja.« Dann führte er eine Hand zu ihrem Gesicht und neigte ihr Kinn nach oben, sodass sie ihn ansehen musste. »Das muss dir nicht peinlich sein. Erstens, weil du ganz normal reagiert hast. Ich lade dich ein, den Jungs im Ausbildungslager beim Tränengas-Training zuzuschauen, damit du dich selbst davon überzeugen kannst. Und zweitens, weil du dir absolut keine

Sorgen machen musst, wenn es um deinen Körper geht, auch wenn Zeit und Ort nicht wirklich passend waren.«

Sie schnaubte ungläubig.

»Ich meine es ernst. Du hast Kurven an den richtigen Stellen, Jane ... und es gibt nichts, was ich mehr mag als die Weichheit einer Frau im Gegensatz zu meiner Härte.« Storm wusste, dass seine Worte ein wenig direkt waren und mehr als eine Bedeutung haben konnten, aber er war aufrichtig. Er hatte genug von Frauen mit sogenannten »perfekten« Körpern. Er wollte eine *richtige* Frau. Jemanden, der keine Angst vorm Essen hatte und in dessen Haut er seine Finger versenken konnte. Jane entsprach genau dieser Vorstellung.

»Mein Ex nannte mich immer *Schlichte Jane*«, gab sie zu.

Storm streichelte sanft über ihr Gesicht. »Er war ein Idiot, das ist mehr als offensichtlich, wenn man bedenkt, wie er dich betrogen und dich und deine Tochter sich selbst überlassen hat.«

Er blieb still, als Janes Blick sich in den seinen bohrte. Er hatte keine Ahnung, was sie dachte, aber er hoffte, dass er nicht zu ehrlich gewesen war. Zu offen.

Als sie seufzte, den Kopf zurück zum Fernseher drehte und sich wieder an ihn schmiegte, atmete Storm erleichtert aus.

»Das ist verrückt«, murmelte sie. »Ich bin schon so

lange in dich verknallt ... Ich habe keine Ahnung, wie das passieren konnte.«

Storm lächelte. »Ich bin endlich in die Gänge gekommen«, erinnerte er sie.

Sie kicherte, und Storm entspannte sich noch mehr.

Beide wandten sich wieder dem Film zu und sahen sich Janes Lieblingsstelle an ... Red, der erzählte, wie Andy aus dem Gefängnis entkam. Erst als Red am Strand von Mexiko auf seinen alten Freund zuging, schaute Jane noch einmal zu Storm auf. »Dieser Film wird nie alt.«

»Nein«, stimmte Storm zu.

Als der Abspann lief, gähnte Jane ausgiebig.

»Zeit, dich nach Hause zu bringen«, verkündete Storm. Er wollte sie nicht gehen lassen, aber sie mussten beide morgen früh arbeiten, und er wusste, dass sie erschöpft war.

»Danke für das Abendessen«, sagte sie, als sie aufstanden.

»Nichts zu danken.«

»Ich würde sagen, das nächste Mal geht es auf mich, aber du weißt ja schon, dass ich nicht kochen kann.«

Storm gefiel, was sie ohne Worte ausdrückte, und er konnte nicht anders, als sie ein wenig zu necken. »Bittest du mich um eine zweite Verabredung?«

»Wenn ich das täte, würdest du Ja sagen?«

»Auf jeden Fall.«

»Dann tue ich es wohl.«

»Gut. Ich freue mich schon darauf.«

»Ich mich auch«, sagte Jane schüchtern.

»Komm, Aschenputtel, wir bringen dich zurück in deine Wohnung, bevor du dich in einen Kürbis verwandelst.«

»Ich glaube, du bringst die Märchen durcheinander«, erwiderte sie kichernd.

Storm scherte sich einen Dreck um Märchen, also lächelte er einfach.

Während der ganzen Fahrt hielt er ihre Hand, und als er am Bordstein anhielt, stieg er aus dem Wagen und begleitete sie bis zur Tür des Gebäudes. Er nahm erneut ihre Hand, führte sie zu seinem Mund und küsste sie. »Danke, dass du vorbeigekommen bist«, sagte er.

»Danke, dass du mich eingeladen hast.«

»Schlaf gut.«

»Ich habe das Gefühl, das werde ich«, sagte sie mit einem kleinen Lächeln.

»Sehe ich dich morgen früh?«, fragte er.

Jane nickte. »Wahrscheinlich. Wir sollen wieder in die Poststelle gehen können, also wird es wahnsinnig viel zu tun geben, bis wir wieder in Schwung kommen und den Rückstau an Paketen und Post abarbeiten können.«

»Übernimm dich nicht«, mahnte Storm sie.

»Das könnte ich auch zu dir sagen«, witzelte sie.

Storm drückte ihre Hand, ließ sie dann sinken und trat einen Schritt zurück. Er wollte sie küssen. So sehr. Aber er respektierte ihre Regel, bei der ersten Verabredung nicht zu küssen. »Ich werde mich melden«, sagte er.

Jane nickte.

»Geh rein, Schatz«, befahl er.

Mit einem letzten langen Blick auf ihn drehte sie sich um und betrat die Eingangshalle ihres Wohngebäudes, winkte ihm kurz zu und ging dann zu den Fahrstühlen. Storm ging zurück zu seinem Wagen und stieg ein. Auf dem Weg nach Hause dachte er über die letzten Stunden nach. Darüber, wie sehr er es genossen hatte, mit Jane zusammen zu sein. Sie war … tröstlich. Er hatte nicht das Bedürfnis, sie ständig zu unterhalten oder das Gespräch in Gang zu halten. Jede Pause fühlte sich natürlich an. Richtig.

So ziemlich alles an ihr fühlte sich richtig an. Das hätte ihn eigentlich erschrecken müssen, aber stattdessen machte es ihn nur noch entschlossener, sie besser kennenzulernen. Er wusste, dass es Jahre her war, dass ihr Ex sie verlassen hatte, aber er hielt den Mann immer noch für einen Idioten. Allerdings hatte diese Idiotie Storm heute die Tür geöffnet, also konnte er nicht allzu verärgert sein.

Wie er innerhalb von eineinhalb Tagen vom eingefleischten Junggesellen zum Verliebten werden konnte, wusste Storm nicht, aber er würde es nicht hinterfragen. In seinem Leben waren zu viele Dinge passiert, die man als Wunder bezeichnen könnte, als dass er sich über den Zeitpunkt Gedanken machte, dass er endlich sah, was direkt vor ihm lag.

Zum ersten Mal seit langer Zeit freute Storm sich auf etwas anderes als die Arbeit. Er hatte keine Ahnung, was die Zukunft für ihn und Jane bereithielt, aber er würde sich verdammt anstrengen, um der Mann zu sein, den sie verdiente.

KAPITEL FÜNF

Jane schaute auf ihr Handy und lächelte über die SMS, die sie gerade von Storm erhalten hatte. Seit ihrer ersten Verabredung waren zwei Wochen vergangen, und sie hatten sich seitdem nur noch ein einziges Mal treffen können, aber sie waren jeden Tag durch SMS und Telefonate in Kontakt geblieben.

Storm: Ich habe noch zwanzig Minuten Zeit, bevor ich zu meiner nächsten Besprechung muss ... Könntest du vielleicht ein paar Briefe von mir finden und in mein Büro bringen? :)

Es war hektisch für sie beide, für sie, weil sie wegen der erhöhten Sicherheitsvorkehrungen jede eingehende Post überprüfen musste und nach dem

Bombenanschlag immer noch Dinge aufzuholen hatte, und für Storm, weil eines seiner Teams auf einer Mission war und er Überstunden machte, um sicherzustellen, dass die Männer sicher waren und alle verfügbaren Informationen hatten.

Eines Tages hatten sie beide um die Mittagszeit freigehabt und waren zu ihrer zweiten Verabredung in die Cafeteria des Stützpunktes gegangen. Es war zwar nicht so befriedigend gewesen, wie in seinem Haus zu entspannen, aber sie fand es trotzdem toll, Storm im Geschäftsmodus zu sehen. Es hatte etwas an sich, ihn in seinem blauen Kampfanzug zu sehen. Er war gut aussehend und verlangte von allen um ihn herum Respekt. Vor zehn Jahren hätte sie sich wahrscheinlich geschämt, mit ihm gesehen zu werden – schließlich war sie nur eine Angestellte –, aber jetzt war sie älter und weiser und Jane war stolz, mit ihm zusammen zu sein.

Sie schnappte sich einen Stapel Briefe und Umschläge, die an ihn adressiert waren, und teilte ihren Mitarbeitern mit, dass sie eine Weile weg sein würde. Alle in der Poststelle schienen sich nach dem Bombenvorfall nähergekommen zu sein. Sie alle wussten, dass es jeden von ihnen hätte treffen können, und sie alle schienen mehr aufeinander aufzupassen.

Die Strafverfolgungsbehörde hatte alle in der Poststelle befragt, aber Jane hatte nichts davon gehört, dass sie die Person hatten identifizieren können, die die Bombe geschickt hatte.

Sie schob den Gedanken daran beiseite und stieg die Treppe zum obersten Stockwerk hinauf, wo sich Storms Büro befand.

Sie grüßte die wenigen Leute, an denen sie vorbeikam, mit einem freundlichen Lächeln und spürte Schmetterlinge im Bauch bei dem Gedanken, Storm wiederzusehen. Es war albern, aber sie konnte es nicht verhindern. Er hatte ihre Erwartungen und Tagträume um ein Zehnfaches übertroffen. Sie hätte nie gedacht, dass er so aufmerksam sein würde, wie er es war ... selbst wenn sie einander nicht sahen.

Aber dass er sie wissen ließ, dass er während einer kurzen Pause nichts dagegen hätte, sie zu sehen, bedeutete ihr alles. Ihr Ex hatte ihr immer das Gefühl gegeben, albern zu sein, wenn sie sich darüber beklagte, dass sie ihn nicht oft zu sehen bekam, und so freute sie sich sehr, dass Storm sie einlud, wenn er zwanzig Minuten Zeit hatte.

Sie betrat sein Vorzimmer und lächelte seinen Verwaltungsassistenten an. »Hallo«, sagte sie fröhlich.

»Hey, Jane. Gott sei Dank sind Sie hier. Er hatte eine höllische Laune. Ich weiß, wenn er Sie sieht, wird er nicht mehr so mürrisch sein.«

Jane lachte. »Ich werde mein Bestes tun, aber ich kann nichts versprechen.« Sie war erleichtert, dass seine rechte Hand keine Probleme damit zu haben schien, dass sie miteinander ausgingen. Offenbar hatte Storm seinem Assistenten gegenüber zugegeben, dass sie zusammen waren und sie immer in seinem Büro willkommen war, solange er sich nicht in einer Besprechung befand.

Es fühlte sich gut an, kein unanständiges kleines Geheimnis mehr zu sein.

Jane ging zu Storms Bürotür und klopfte leise an. Sie stieß sie einen Spalt auf, bevor sie sagte: »Storm?«

»Herein«, rief er.

Jane betrat den Raum und schloss die Tür hinter sich. »Hey«, sagte sie fast schüchtern, als sie vor seinem Schreibtisch stand.

»Komm her«, sagte Storm und streckte einen Arm aus.

Jane ging um seinen Schreibtisch herum an seine Seite, ohne genau zu wissen, was sie erwartete, und legte die Post, die sie ihm mitgebracht hatte, auf seinen Schreibtisch.

Als sie neben ihm war, griff Storm nach oben und legte eine Hand in ihren Nacken. Er drängte sie sanft dazu, sich zu beugen, und als sie das tat, küsste er sie leicht auf die Lippen.

Es war nur ein Küsschen, aber der Schock, der durch ihren Körper ging, kam sofort und ließ eine Gänsehaut auf ihren Armen entstehen. Es war ihr erster Kuss, und obwohl er nicht gerade intim war, war er in seiner Intensität doch schockierend.

»Scheiße, tut mir leid«, sagte Storm, ließ ihren Nacken los und rieb sich mit einer Hand über das Gesicht. »Ich wollte nicht zu weit gehen.«

»Es ... es ist schon gut«, beruhigte Jane ihn. Sie warf einen längeren Blick auf ihn und stellte fest, dass er sehr gestresst wirkte. Er hatte die Augenbrauen zusammengezogen und tiefe Falten auf der Stirn. Ohne nachzudenken, schob sie einige Papiere beiseite und setzte sich neben ihn auf den Schreibtisch. »Ist alles in Ordnung mit dir?«, fragte sie leise.

Storm seufzte. »Ich bin müde«, gab er zu.

»Dein Team?«, fragte sie.

»Den Männern geht es gut. Sie hatten ein paar Probleme, aber sie sind alle am Leben und relativ unversehrt. Sie werden innerhalb von vierundzwanzig Stunden zu Hause sein. Gott sei Dank.«

»Gut«, sagte Jane. Sie beugte sich vor und nahm eine seiner Hände in ihre. Sie legte seine Handfläche auf ihren Oberschenkel und strich mit dem Daumen über seinen Handrücken.

»Verdammt, es ist schön, dich zu sehen«, sagte Storm und schob seinen Stuhl zur Seite, dann nach vorn und stützte seinen freien Arm auf dem Schreibtisch neben ihrer Hüfte ab.

Jane spürte die Wärme seines Körpers an ihrem eigenen, und obwohl sie höher saß als er und auf ihn hinunterblickte, fühlte sie sich dennoch von ihm umgeben. »Wenn dein Team nach Hause kommt ...

hast du dann Zeit, zum Abendessen vorbeizukommen?«, fragte sie. »Ich bin zwar eine schreckliche Köchin, aber das heißt nicht, dass ich nicht in einem meiner Lieblingsrestaurants eine fantastische Mahlzeit bestellen kann.«

Er schaute zu ihr auf. »Das würde mir sehr gefallen«, sagte er.

»Gut.«

»Es tut mir leid, dass ich nicht viel da war«, fuhr er fort.

Jane schüttelte den Kopf. »Das muss es nicht. Ich wusste, worauf ich mich einlasse, als ich zugestimmt habe, mit dir auszugehen. Zum Teufel, du hast es mir in deinem Haus praktisch ausbuchstabiert. Ich mag, wer du bist, Storm. Ich mag, dass du dir Sorgen um deine Männer machst. Ich bewundere dich. Die Tatsache, dass du dir bei deinem vollen Terminkalender die Zeit nimmst, mir zu schreiben, anzurufen und mich wissen zu lassen, dass du an mich denkst, auch wenn du keine Zeit hast, mich zu sehen, bedeutet mir alles.«

»Du verdienst etwas Besseres«, sagte er leise.

»Als was? Einen Mann, der mir eine SMS schreibt, nur um mir zu sagen, dass er mich vermisst? Jemanden, der mir eine lange Sprachnachricht hinterlässt, weil er zufällig an die Stelle in unserem Lieblingsfilm gedacht hat, in der Andy Red erzählt, dass Hoffnung eine gute Sache ist, vielleicht sogar die beste, und dass gute Dinge nicht sterben können ... und dass er hofft, dass unsere Beziehung funktioniert, weil er nicht aufhören kann, an mich zu denken? Meine Güte, Storm, du warst in den letzten zwei Wochen, ohne mich zu sehen, aufmerksamer als jeder andere Mann es *persönlich* war. Du brauchst dich für nichts zu entschuldigen.«

Storm drückte die Hand, die auf ihrem Oberschenkel lag, und legte die andere um ihren Hintern. Dann überraschte er sie, indem er sich zu ihr beugte und seine Stirn an ihr Knie lehnte. Jane hob eine Hand, um mit den Fingern durch sein Haar zu fahren.

Sie war sich nicht sicher, wie lange sie so dasaßen, aber sie fühlte sich mit Storm mehr verbunden als je zuvor mit einem anderen Mann. Das hätte sie eigentlich erschrecken müssen. Sie hatten sich noch nicht einmal richtig geküsst oder viel Zeit miteinander verbracht, aber er hatte durch sein Verhalten gezeigt, dass er nicht wie die Jungs war, mit denen sie früher ausgegangen war. Er war ein erwachsener Mann, ein ehrenwerter Mann. Ein Mann, den sie unbedingt näher kennenlernen wollte.

Sie hörten beide gleichzeitig, wie Storms Verwaltungsassistent jemanden im anderen Raum begrüßte. Storm hob den Kopf und drückte ein letztes Mal ihre Hand. Jane sah, wie die Maske über seine Züge fiel. Vor ihren Augen verwandelte er sich von einem müden Mann in einen kompetenten und souveränen Admiral.

Als jemand an die Tür klopfte, stand Jane auf und wandte sich der Tür zu.

»Herein«, rief Storm.

Konteradmiral Dag Creasy erschien in der Tür.

»Dag«, sagte Storm mit einem Lächeln. »Schön, dich zu sehen.«

»Gleichfalls«, entgegnete der andere Mann, wobei er sein Lächeln erwiderte.

Jane wollte zur Seite treten, um ihnen aus dem Weg zu gehen, aber der Konteradmiral bedeutete ihr zu bleiben. »Gehen Sie nicht weg, Jane. Ich wollte nicht stören.«

»Aber das hast du«, sagte Storm mit gespieltem Ärger zu seinem Freund. »Also mach schon, damit ich noch etwas Zeit mit meinem Mädchen verbringen kann, bevor die Kacke wieder am Dampfen ist.«

Dag war nicht beleidigt. Er lächelte nur und setzte sich auf einen der Stühle vor Storms Schreibtisch.

Jane war sich nicht sicher, was sie tun sollte. Sollte sie bleiben, wo sie war? Sich auf den anderen Stuhl setzen? Gehen? Sie hatte den Konteradmiral immer gemocht, aber sie kannte ihn nicht wirklich und war sich nicht sicher, wie das Protokoll in einem solchen Fall lautete.

»Hast du von der Strafverfolgungsbehörde etwas über die Person gehört, die dir die Bombe geschickt hat?«, fragte Storm, während er Jane näher an sich heranzog. Sie stolperte ein wenig, ließ sich aber schließlich auf der Armlehne seines Stuhls nieder. Storm legte einen Arm um ihre Taille, um sie zu stabilisieren, und sie atmete kaum, als sie neben ihm saß.

»Deshalb bin ich hier«, sagte Dag und lehnte sich zurück, nicht im Geringsten überrascht oder irritiert, dass sie praktisch auf Storms Schoß saß. »Ich habe heute den vorläufigen Bericht bekommen und wollte mit dir darüber sprechen.«

»Ich sollte gehen«, sagte Jane wieder.

»Bleiben Sie«, befahl Dag. »Das geht Sie genauso viel an wie alle anderen. Schließlich waren Sie diejenige, die den Zorn des Arschlochs am meisten zu spüren bekam. Das ist nur fair.«

»Was haben sie herausgefunden?«, fragte Storm.

Jane musste zugeben, dass sie neugierig war, also blieb sie, wo sie war, und hörte gespannt zu.

»In dem Paket befand sich ein Zettel, der geborgen und wieder zusammengesetzt wurde. Die Person, die ihn geschrieben hat, ist offensichtlich nicht glücklich mit mir. Sie hat immer wieder davon gefaselt, was für ein mieser Offizier ich bin und dass ich nicht in der Lage sei, für jemanden verantwortlich zu sein. Die Person sagte, dass ich nachtragend sei und Matrosen ungerecht bestrafe. Die Strafverfolgungsbehörde glaubt, dass die Bombe von jemandem geschickt wurde, der unter meinem Kommando vor ein Kriegsgericht gestellt wurde.«

»Das sollte die Sache erheblich einschränken«, sagte Storm. »Das ist doch gut, oder?«

Dag zuckte mit den Schultern. »Ja und nein. Ich meine, es macht Sinn, dass es jemand ist, der vor Kurzem vor ein Kriegsgericht gestellt wurde, aber was, wenn es nicht so ist? Es gab Hunderte von Matrosen, die im Laufe der Jahre unter meinem Kommando bestraft wurden.«

»Was ist mit der Handschrift auf dem Paket? Können sie die irgendwie zurückverfolgen?«, fragte Jane und errötete, als beide Männer sie ansahen. »Äh … tut mir leid, ich bin sicher, dass sie daran gedacht haben.«

»Das haben sie«, sagte Dag mit einem kleinen Lächeln. »Und das geht nicht. Die Marine bewahrt keine Handschriftenproben ihrer Matrosen auf. Wie Sie wissen, gab es keinen Absender und die Briefmarken wurden von Hand entwertet, was die Nachverfolgung erschwert. Die Tinte war verschmiert und unleserlich, also gibt es keine Möglichkeit herauszufinden, wie das Paket überhaupt in das Postsystem gelangt ist.«

Jane nickte. »Ja, das macht es noch schwieriger. Es könnte von Hand abgegeben oder über das Postsystem des Stützpunktes verschickt worden sein. Sind Sie immer noch in Gefahr, Sir?«

Dags Miene entspannte sich. »Ich kann auf mich selbst aufpassen«, versicherte er ihr.

Das war keine Antwort. »Natürlich können Sie das«, stimmte Jane zu. »Aber verzeihen Sie mir, wenn ich hier zu weit gehe – was ist, wenn die Person beschließt, die Sache zu verschärfen? Tränengas in einen Karton zu packen ist eine Sache, aber sie könnte auch beschließen, Ihnen ein Paket an Ihr schönes Haus am Meer zu liefern. Das nächste Mal könnte es eine echte Bombe sein. Was tut die Strafverfolgungsbehörde sonst noch, um herauszufinden, wer das getan hat, damit Sie in Sicherheit sind? Wenn Sie die Arbeit verlassen, sollten Sie sich keine Sorgen darum machen müssen, dass jemand hinter Ihnen her ist, besonders nach allem, was Sie für Ihr Land getan haben.«

Ihre Stimme war lauter geworden und Jane merkte, dass sie praktisch schrie, woraufhin sie errötete.

»Ich mag sie«, sagte Dag mit Blick auf Storm.

»Sie ist einnehmend«, stimmte Storm zu. »Und du hast deine eigene, also Augen weg.«

Jane schaute die beiden Männer an, hin- und hergerissen zwischen Verlegenheit und Unglaube über ihr Geplänkel.

»Um Ihre Frage zu beantworten, Jane«, sagte Dag und tat so, als hätte der Austausch zwischen ihm und Storm nicht stattgefunden, »die Strafverfolgungsbehörde tut alles, was sie kann, um das herauszufinden. Ich will auf keinen Fall, dass noch ein Unschuldiger zwischen den Täter und mich gerät. Es ist unehrenhaft von ihm, jemand anderen wegen seines eigenen Grolls in Gefahr zu bringen. Wenn ich ein Paket bekomme, das ich nicht erwarte, würde ich es auf keinen Fall abholen, ohne mich zu vergewissern, dass es sicher ist. Ich hatte noch keine Gelegenheit, es Ihnen persönlich zu sagen, aber es tut mir sehr leid, dass Sie in diese Sache hineingeraten sind ... was auch immer es ist.«

»Es ist nicht Ihre Schuld, Sir«, versicherte sie ihm.

»Vielleicht, vielleicht auch nicht. Das bleibt abzuwarten. Aber bitte seien Sie besonders wachsam. Solange wir nicht herausfinden, wie das Paket durch unser Postsystem gekommen ist, ist niemand sicher. Wie Sie schon sagten, ich will mir keine Sorgen darüber machen müssen, dass noch jemand verletzt wird«, sagte der Konteradmiral.

»Das werde ich. Das werden wir. Wir sind sehr vorsichtig«, erklärte Jane.

»Ich habe Ihr Interview in den Nachrichten gesehen«, sagte Dag. »Hat die Presse sich schon von Ihnen zurückgezogen?«

Jane nickte. »Ja, die Reporter waren sogar ziemlich gut. Sie wollten wissen, was mit mir passiert ist, aber als sie merkten, dass ich nur ein zufälliges Opfer war, haben sie schnell das Interesse verloren.«

»Seien Sie nur vorsichtig, denn wer auch immer das Paket geschickt hat, könnte die Berichterstattung gesehen haben und sich gegen *Sie* wenden.«

»Mich?«, fragte Jane überrascht.

»Ja. Derjenige hat es nicht geschafft, *mich* zu erreichen, die Person, auf die er es abgesehen hatte, und er könnte denken, dass Sie es verhindert haben.«

»Das ist verrückt«, murmelte Jane.

»Eine Briefbombe zu verschicken ist verrückt«, sagte Dag achselzuckend. »Sie sollten besonders vorsichtig sein, bis derjenige gefasst ist, der das Paket verschickt hat.«

Es war schon lange her, dass jemand sich Sorgen um sie gemacht hatte. Und jetzt versuchten innerhalb von nur zwei Wochen zwei überlebensgroße Männer, sich um sie zu kümmern. Sie wusste, dass Dag glücklich verheiratet war, aber es fühlte sich dennoch gut an. Wirklich gut.

»Er hat recht«, sagte Storm. »Darüber habe ich noch gar nicht nachgedacht, aber Dag hat absolut recht.«

»Es ist nichts passiert«, versuchte Jane, die beiden zu beruhigen. »Mir geht es gut.«

»Ich werde sie besser im Auge behalten«, sagte Storm zu Dag.

Jane wollte sich darüber aufregen, dass er um sie herum redete, aber sie konnte sich nicht dazu durchringen. Nicht, wenn seine Besorgnis offensichtlich war.

»Brauchst du Hilfe bei der Durchsicht der Akten der letzten Gerichtsverhandlungen?«, fragte Storm den Konteradmiral.

Jane zuckte zusammen, denn sie wusste, dass Storm schon mehr als genug zu tun hatte, aber sie war nicht wirklich überrascht, dass er es angeboten hatte.

»Danke, aber nein. Ich weiß, dass du keine Zeit hast, um nach einer Nadel im Heuhaufen zu suchen. Aber ich werde dich auf dem Laufenden halten, denn ich habe das Gefühl, dass die Sache noch nicht vorbei ist. Wer auch immer diese Tränengas-Bombe geschickt hat wollte, dass ich leide, und weil ich das nicht getan habe, ist er bestimmt nicht glücklich. Es könnte morgen oder in drei Monaten sein. Wir wissen nicht, wann derjenige es wieder versuchen wird.«

Jane zitterte, und Storm musste es gespürt haben, denn er drückte beruhigend ihre Hüften.

Dann wechselte der Konteradmiral das Thema. »Dein Team kommt doch bald nach Hause, oder?«

»Ja, morgen Abend, wenn alles gut geht«, antwortete Storm.

»Ich erwarte, dass du dir mindestens achtundvierzig Stunden freinimmst«, sagte Dag streng.

Storm wollte protestieren, aber der Konteradmiral unterbrach ihn. »Kein Aber. Ich weiß, du hast andere Teams und Dinge zu tun, aber in letzter Zeit hast du dich wirklich verausgabt. Nimm dir eine Auszeit. Schlafe. Entspanne dich. Lies ein verdammtes Buch. Es ist mir egal, was du machst, aber ich will nicht hören, dass du im Büro warst. Hast du verstanden?«

»Ja, Sir«, sagte Storm.

Dag lachte. »Die meisten Leute wären froh, wenn

sie eine Auszeit bekämen.«

»Das bin ich«, beharrte Storm. »Es gibt nichts, was ich lieber täte, als Zeit mit Jane zu verbringen.«

»Gut«, sagte Dag. »Ich wünschte nur, es wäre unter besseren Umständen.«

»Was mich betrifft, möchte ich nichts lieber tun, als mit Jane zusammen zu sein und dafür zu sorgen, dass derjenige, der hinter dieser Bombe steckt, keine zweite Chance bekommt, Chaos anzurichten.«

Seine Worte gaben Jane ein gutes Gefühl. Es gefiel ihr nicht, ihn von der Arbeit abzuhalten, aber es gefiel ihr, dass es ihn nicht störte, sich freizunehmen, um Zeit mit ihr zu verbringen.

»Es ist nicht leicht, mit einem Matrosen auszugehen«, sagte Dag, wobei er Jane wieder ansah, »aber ich kann Ihnen garantieren, dass Storm auch dann an Sie denkt, wenn er nicht bei Ihnen ist. Ich weiß, dass es mir mit meiner Brenae genauso geht. Ich lasse euch beide dann allein.«

»Sagst du mir Bescheid, wenn du Hinweise auf den Bombenbauer bekommst?«, fragte Storm und stand auf, um Dag die Hand zu schütteln, während Jane sich ebenfalls aufrichtete.

»Natürlich«, entgegnete der Konteradmiral. Dann nickte er Storm und Jane zu, drehte sich um und verließ das Büro, wobei er die Tür hinter sich schloss.

Da Storm Storm war, zögerte er nicht, zu handeln. Er drehte sich zu ihr um und legte einen Arm um ihre

Taille, die andere Hand schob er in die Haare in ihrem Nacken. Er zog sie an sich und Jane konnte jeden Zentimeter seines harten Körpers an ihrem spüren. Sie errötete, da sie sich fragte, ob das überhaupt erlaubt war ... ein Offizier, der mit einer Angestellten in seinem Büro verkehrte.

Aber die Tür war geschlossen und es waren nur sie beide.

»Morgen Abend ist Freitag«, sagte er leise.

»Ich weiß«, erwiderte Jane mit einem kleinen Stirnrunzeln.

»Anscheinend habe ich das Wochenende frei. Sobald meine Männer nach Hause gekommen sind und wir die Nachbesprechung beendet haben, habe ich achtundvierzig Stunden frei.«

»Gut. Du brauchst die Pause«, sagte sie.

»Ich würde diese Zeit gern mit *dir* verbringen«, fuhr Storm fort. »So viel davon, wie du mir gibst.«

Jane war sich nicht sicher, was er verlangte, aber sie war mehr als bereit zuzustimmen. »Okay.«

»Einfach so?«, fragte er.

Jane nickte. »Ja. Ich stehe nicht auf Spielchen. Ich mag dich, Storm. Ich möchte Zeit mit dir verbringen. Dich besser kennenlernen. Ich weiß, dass es nicht üblich ist, dass du so viel Freizeit hast, also ist es in Ordnung, wenn ich gierig bin und alles für mich horten will.«

Er grinste. »Gut. Wir hatten schon zwei Verabredungen«, erinnerte er sie.

»Zählst du das Mittagessen neulich auch als Verabredung?«, fragte sie lächelnd.

»Auf jeden Fall. Und du hast mir vor dem Essen gesagt, dass du bei der ersten Verabredung nicht küsst, aber was ist mit der dritten?«

Jane konnte sich ein Lächeln nicht verkneifen. »Vielleicht ... mit dem richtigen Mann.«

Er erwiderte das Lächeln und sagte: »Ich wollte vorhin nicht voreilig sein. Es war instinktiv. Ich sah dich und du warst so ein helles Licht in meiner Erschöpfung, dass ich, ohne nachzudenken, gehandelt und dich geküsst habe.«

»Du denkst, das war ein Kuss?«, neckte Jane ihn.

Sein Lächeln wurde breiter.

»Du sollst wissen, Storm North, dass ein kleines Küsschen auf die Lippen für mich kein richtiger Kuss ist. Bei unserer dritten Verabredung will ich einen richtigen Kuss«, erklärte sie, wobei sie sich mutiger fühlte als je zuvor. Sie hatte diesen Mann schon immer gewollt, und sie wollte verdammt sein, wenn sie sich wie ein schüchterner Einfaltspinsel verhielt und sich ihren Herzenswunsch durch die Lappen gehen ließ. Sie hatte im Laufe der Jahre gelernt, dass sie sich den Arsch aufreißen musste, wenn sie etwas wollte.

»Zur Kenntnis genommen«, murmelte er mit einem Ausdruck der Begierde im Gesicht, woraufhin sie ihn am liebsten sofort überfallen hätte. »Es macht dir also nichts aus, wenn ich dir noch ein *Küsschen* gebe, wie du es genannt hast, bevor du wieder zur Arbeit gehst? Nachdem es nicht zählt?«

»Nein«, sagte Jane, die erwartungsvoll den Atem anhielt.

Er beugte sich ganz langsam zu ihr hinunter, ohne den Blick von ihr zu lösen. Jane konnte die Augen nicht mehr offen halten und schloss sie Sekunden bevor seine Lippen ihre Stirn berührten. Dann küsste er ihre Nase. Dann ihre Wangen …

Als er zu ihren Lippen kam, war sie bereit, aus der Haut zu fahren. Jane spürte, wie ihre Brustwarzen sich unter dem schlichten Polohemd, das sie jeden Tag zur Arbeit trug, verhärteten und es zwischen ihren Schenkeln feucht wurde. Sie wollte Storm mit jeder Faser ihres Seins. Und es war schon sehr lange her, dass sie echtes Verlangen nach einem Mann verspürt hatte. Sie war zu beschäftigt gewesen, und außerdem befriedigte ihr Vibrator ihre Bedürfnisse, wenn sie auftraten.

Aber sie hatte das Gefühl, dass nichts die durch ihren Körper strömende Lust löschen konnte, außer dem Mann, der sie in diesem Moment hielt.

Schließlich streifte er ihre Lippen mit den seinen und sie konnte das leise Wimmern nicht unterdrücken, das ihr entwich. Sie spürte sein Lächeln auf ihren Lippen, als er sie erneut küsste. Kleine Küsschen, die nicht ihre Begierde stillten. Sie schürten die Flammen nur noch mehr.

Als seine Lippen erneut ihre berührten, leckte sie darüber und spürte sein Stöhnen an ihrem Körper. Lächelnd öffnete sie die Augen und starrte in die seinen.

»Zum ersten Mal seit langer Zeit freue ich mich auf meine freien Tage«, sagte Storm leise.

»Ich mich auch«, antwortete Jane.

Sie hörten, wie der Verwaltungsassistent jemanden im Vorzimmer begrüßte, und Storm stöhnte auf. »Das ist mein nächster Termin.«

Jane nickte. Sie wollte einen Schritt zurücktreten, aber Storm ließ sie nicht los. Er drückte sie für einen kurzen Moment an sich und sie war froh, dass sich in seinem Blick die gleiche Enttäuschung widerspiegelte, die sie empfand.

»Ich weiß nicht, wie das passiert ist, aber ich bin verdammt froh darüber«, sagte er, beugte sich vor, küsste sie auf die Lippen und ließ seine Arme sinken, bevor er einen Schritt zurücktrat.

»Ich auch«, versicherte Jane ihm.

»Ich hoffe, du hast wirklich gehört, was Dag gesagt hat«, erinnerte Storm sie ernst. »Nimm deine Sicherheit nicht als selbstverständlich hin. Weder bei der Arbeit noch zu Hause. Alles klar?«

»Das werde ich nicht«, sagte Jane. Sie war immer auf Sicherheit bedacht. Als alleinstehende Frau mit einer Tochter war sie gezwungen gewesen, hinter jeder Ecke ein Ungeheuer zu sehen und ihre Umgebung genau zu beobachten. Als Mann, als muskulöser, knallharter Mann, hatte Storm wahrscheinlich keine Ahnung, mit welchen Situationen jemand wie sie täglich zu kämpfen hatte. Aber jetzt war nicht der richtige Zeitpunkt, um darüber zu reden. »Sagst du mir Bescheid, wenn du nach Hause kommst?«, fragte sie.

»Das werde ich. Dasselbe gilt auch für dich. Ich will wissen, dass du sicher und gesund in deiner Wohnung bist.«

Jane nickte. Es gefiel ihr, dass er sich Sorgen um sie machte.

»Ich bin froh, dass deine Männer nach Hause kommen«, sagte sie.

»Ich auch. Wir sprechen uns später, dann können wir Pläne für das Wochenende machen«, versprach er.

»Okay.« Sie ging rückwärts und drehte sich erst in letzter Sekunde, um die Tür zu öffnen.

»Danke, dass Sie meine Post gebracht haben«, sagte Storm so laut, dass der Leutnant, der im Vorzimmer wartete, es hören konnte.

»Gern geschehen«, antwortete sie in dem Wissen, dass er alles tat, um ihren Ruf zu schützen, nicht seinen eigenen. Sie nickte Storms Assistent zu, der ihr zuzwinkerte, und ging dann auf den Flur zur Treppe.

Sie führte eine Hand an ihre Lippen, berührte sie und lächelte. Ja, sie konnte mit Sicherheit sagen, dass sie sich so sehr auf das Wochenende freute wie schon lange nicht mehr.

KAPITEL SECHS

Storm parkte seinen Wagen, stieg eifrig aus und machte sich auf den Weg in die Eingangshalle von Janes Wohngebäude. Er war froh gewesen, sich davon überzeugen zu können, dass alle SEALs seines Teams bei ihrer Ankunft gesund und munter waren. Er hatte gerade zwei Stunden lang eine Nachbesprechung mit ihnen abgehalten und war nun bereit, seine achtundvierzig Stunden Urlaub zu genießen.

Er hatte Jane angeboten, für sie zu kochen, aber sie hatte abgelehnt und gesagt, dass sie ihn nach dem langen Arbeitstag am Abend auf keinen Fall zum Kochen zwingen würde.

Es war jetzt neunzehn Uhr dreißig und er war über zwölf Stunden im Büro gewesen. Storm war mehr als bereit für eine Pause. Er ging den Flur entlang zu Janes Wohnung und klopfte an die Tür. Es dauerte ein paar

Sekunden, aber dann stand sie da, lächelte ihn an und hieß ihn in ihrer Wohnung willkommen.

»Du siehst müde aus«, platzte sie heraus, dann rümpfte sie die Nase. »Tut mir leid, das war unhöflich. Komm rein.«

Storm war nicht beleidigt. »Ich *bin* müde«, sagte er.

»Aber deinen Jungs geht es gut?«

Es gefiel ihm, dass sie nach ihnen fragte. »Es geht ihnen gut. Die Mission war hart, aber sie sind alle relativ unversehrt zurückgekehrt.«

»Ach, wie ich das hasse«, entgegnete sie, mehr zu sich selbst als zu ihm. »Ich meine, ich bin froh, dass sie zu Hause sind, aber *relativ unversehrt* kann so viel bedeuten. Es könnte bedeuten, dass sie alle Schusswunden haben, aber immer noch gehen und sprechen können, oder es könnte bedeuten, dass sie ein paar kleine blaue Flecke haben.«

Storm lachte, und als sie sich zu ihm umdrehte, nachdem sie ihre Wohnungstür geschlossen und verriegelt hatte, zog er sie an sich. Sie stieß einen kleinen Schrei der Überraschung aus, erholte sich aber schnell wieder. Ihre Hände ruhten auf seiner Brust und er konnte riechen, dass sie kürzlich geduscht hatte.

»Storm?«, fragte sie.

»Tut mir leid«, sagte er. »Den Jungs geht es gut. Einer wurde angeschossen, aber es war nur ein Streifschuss. Die Mission lief ein wenig schief, aber sie haben ihre Aufgabe erfüllt.« Storm wusste, dass er sich vage ausdrückte, aber er konnte nicht sagen, wo sein Team gewesen war oder was die Männer gemacht hatten. In Erwartung ihrer Reaktion spannte er sich an, denn er erinnerte sich daran, mit anderen Frauen ähnliche Gespräche geführt zu haben, die *ebenfalls* schiefgelaufen waren.

»Nun, gut«, sagte sie mit einem leichten Nicken. »Ich habe bei *Leroy's Kitchen and Lounge* bestellt. Dort kennt man mich sehr gut, denn ich liebe ausgefallenes Essen. Ich habe dir die hausgemachten Bucatini bestellt ... Schweinewurst, Pilze, Basilikum, Pesto und Ricotta-Salat. Für mich habe ich den im Ganzen gebratenen Seebarsch mit Basmatireis, rotem afrikanischen Curry, Chili-Öl und Koriander bestellt. Es ist sehr scharf, aber ich liebe es. Wenn du die Bucatini nicht möchtest, können wir auch tauschen ... oder wir bestellen einfach eine Pizza. Ich habe unser Essen im Ofen warm gehalten, weil ich nicht genau wusste, wann du kommen würdest ... Warum schaust du mich so an?«

Storm musste sie nicht fragen, was sie meinte. Er wusste, dass er sie anstarrte, als hätte sie zwei Köpfe. »Willst du mich nicht nach weiteren Details über die Mission der Jungs fragen?«

Sie runzelte die Stirn, als sei sie verwirrt. »Nein. Ich weiß, dass du es mir nicht erzählen kannst. Ich bin dir dankbar, dass du so viel gesagt hast. Warum ... sollte ich?«

»Nein«, sagte er schnell. »Ich ... die meisten Leute sind nicht so ... akzeptierend wie du, wenn ich ihnen keine Details über meine Arbeit erzählen kann.«

»Storm«, sagte Jane sanft, »ich verstehe schon. Ich mag nur ein Postmädchen sein, aber ich verstehe etwas von Vertraulichkeit und Geheimhaltung.«

»Tu das nicht«, schimpfte er.

»Was denn?«, fragte sie, wobei sie den Kopf ein wenig schief legte, ohne es wirklich zu merken.

»Rede dich nicht so klein. Du bist nicht *nur* ein Postmädchen. Du hast hart gearbeitet, um dahin zu kommen, wo du bist. Steh dazu. Sei stolz darauf. Du führst ein straffes Regiment und ich bin sehr dankbar dafür, dass ich nicht nach Briefen suchen muss, die ich eigentlich hätte erhalten sollen. Und ich muss mir keine Sorgen machen, ob meine Berichte und andere Dokumente sicher und zuverlässig ankommen.«

»Du hast recht«, murmelte Jane ein wenig verlegen. »Ich ... du bist für mich einfach überlebensgroß und ich muss mich immer noch kneifen, dass du hier bist. Manchmal übermannt meine Unsicherheit mich.«

»Nun, du brauchst dir keine Sorgen zu machen. Und ... Bucatini? Du hast wirklich Bucatini für mich bestellt?«

Sie lächelte. »Das habe ich.«

»Verdammt«, seufzte er. »Ich könnte mich daran

gewöhnen, dass du für mich ›kochst‹. Aber ganz ehrlich, das ist zu viel. *Leroy's Kitchen* ist nicht billig.«

»Kann ich dir ein Geheimnis verraten?«, fragte sie.

»Natürlich«, antwortete er sofort.

»Leroy hat Mitleid mit mir und gibt mir einen fantastischen Rabatt«, erzählte sie ihm grinsend. »Ich glaube, ich habe mindestens zwei seiner Kinder durchs College gebracht, weil ich so viel dort esse, also ist das nur fair.«

Storm lachte und spürte, wie seine Muskeln sich zum ersten Mal an diesem Tag entspannten. »Ich glaube, Red, du quatschst 'ne ganz schöne Scheiße«, antwortete er, womit er *Die Verurteilten* zitierte.

Jane sah eine Millisekunde lang verwirrt aus, dann warf sie den Kopf zurück und lachte. »Das tue ich nicht, ich schwöre, das tue ich nicht. Und ... gute Verwendung des Filmzitats.«

Storm fühlte sich zehn Jahre jünger, als er in ihrem Eingangsbereich stand und mit ihr scherzte. Allein der Gedanke daran, wie schwer sie hätte verletzt werden können, hätte die Bombe, die in ihren Händen explodiert war, etwas anderes als Tränengas enthalten, ließ sein Herz schmerzen.

Und als er sich daran erinnerte, wie er beschlossen hatte, die Dinge langsam anzugehen, sie bei der Arbeit kennenzulernen, bevor er versuchte, sie um eine Verabredung zu bitten, schüttelte er ungläubig den Kopf. Wenn er das getan hätte, hätte er genau das hier verpasst. Und eine Sekunde Zeit mit Jane Hamilton zu verpassen erschien ihm plötzlich wie die dümmste Entscheidung aller Zeiten.

»Ich habe das gebraucht«, sagte er leise.

»Was?«, fragte sie.

»Das. Dich. Die Zubereitung des Abendessens, auch wenn du es in einem deiner Lieblingsrestaurants bestellt hast. *Die Verurteilten* zitieren und dass du weißt, wovon ich spreche. Die Arbeit für ein paar Stunden zu vergessen und einfach mit einer lustigen, schönen und charmanten Frau zu entspannen, die nicht sauer wird, wenn ich nicht über meinen Job reden kann.«

Ihr Gesicht hellte sich auf und Storm konnte sehen, wie viel ihr seine Worte bedeuteten. »Ich auch«, sagte sie. »Ich meine, ich musste mich nicht mit den Folgen eines Einsatzes auseinandersetzen, wie du es heute getan hast, aber die Strafverfolgungsbehörde kam noch einmal zu mir, nachdem ich in deinem Büro gewesen war – und sie haben mir eine Heidenangst eingejagt, indem sie mir alle möglichen schlimmen Warnungen gaben, dass der Bombenbauer hinter mir her sein könnte und dass es in den Nachrichten so klang, als hätte ich seinen großen Plan vereitelt, an den Konteradmiral heranzukommen. Im Grunde haben sie dasselbe wie Dag gesagt.«

»Komm her«, murmelte Storm, zog sie noch enger an sich und legte eine Hand auf ihren Hinterkopf, während sie ihre Wange an seine Brust drückte.

Sie standen einen langen Moment in der Umarmung des anderen in ihrem Flur und spendeten sich gegenseitig Trost.

»Es tut mir leid«, sagte er nach einer Weile.

»Es ist nicht deine Schuld«, erwiderte Jane sofort. »Und es ist nicht so, dass ich den Ermittlern nicht glaube, es macht nur keinen Sinn, dass jemand böse auf *mich* wird. Ich war einfach zur falschen Zeit am falschen Ort, ein Kollateralschaden.«

Storm zog sich zurück und legte die Hände auf ihr Gesicht. Er war nur ein paar Zentimeter größer als sie, sodass sie fast auf Augenhöhe miteinander waren. »Trotzdem ... sei vorsichtig, okay?«

»Natürlich.«

»Ich sage dir Bescheid, wenn ich mehr über ihn herausfinde.«

»Das kannst du tun?«, fragte sie.

»Ja«, erwiderte Storm, auch wenn er sich seiner Antwort nicht hundertprozentig sicher war. Wenn die Person, die hinter der Briefbombe steckte, ein ehemaliger SEAL oder einer von Creasys Matrosen war, durfte er ihr vielleicht keine Details verraten, aber er konnte ihr so viele Informationen wie möglich geben, um sie zu schützen und trotzdem die Vertraulichkeit zu wahren.

Zum ersten Mal in seiner Karriere wusste Storm, dass er die Sicherheitsvorschriften verletzen und ihr sagen würde, was sie wissen musste, um sich selbst zu schützen ... selbst wenn das bedeutete, dass er in Schwierigkeiten geraten würde.

Und so konnte Storm besser verstehen, wie Phantom sich gefühlt hatte, als er den direkten Befehl missachtet hatte, nicht nach Übersee zu fliegen und Kalee Solberg zu retten.

»Komm schon«, drängte Jane leise, »du brauchst etwas zu essen.«

Storm lächelte, als sein Magen in diesem Moment zu knurren begann.

»Siehst du?«, sagte sie mit einem Lächeln. Dann ergriff sie seine Hand, die immer noch an ihrem Gesicht war, und zog ihn weiter in ihre Wohnung.

Er konnte nicht anders, als den Blick auf ihren Hintern zu richten, als sie ihn zu dem kleinen Tisch neben ihrer Küche führte. Jane hatte das, was manche Leute als Knackarsch bezeichnen würden. Bei anderen schien das ein abfälliger Begriff zu sein, aber als er auf ihren wunderschönen Körper starrte, konnte er dem nicht zustimmen. Es juckte ihn in den Fingern, sie zu packen. Er wollte sehen, wie die fleischigen Backen wackelten und bebten, wenn er sie von hinten nahm. Es war eine erregende Vorstellung, und Storm fühlte sich wie ein Arsch, es überhaupt gedacht zu haben.

Er und Jane waren noch nicht so weit in ihrer Beziehung. Verdammt, sie hatten sich noch nicht einmal geküsst. *Wirklich* geküsst. Er sollte nicht daran denken, sie zu ficken ... und doch konnte er sich nicht von der Vorstellung abhalten, wie schön sie unter ihm liegen würde, mit ihren braunen Haaren auf dem Kissen, den Rücken gekrümmt und ihre üppigen Brüste seinem Mund entgegengestreckt. Wie sie ihre Beine für ihn spreizen und wie wunderbar sich ihre Hitze um seinen Schwanz herum anfühlen würde.

»Storm?«, fragte sie, woraufhin er seine Gedanken von ihrem schmutzigen Pfad weglenkte. Jane hatte mehr von ihm verdient als niedere Triebe. Er musste besser sein.

»Ja?«

»Du sahst aus, als seist du mit den Gedanken woanders«, bemerkte sie.

»Du bist wunderschön«, platzte er heraus und beobachtete, wie sie errötete. »Ich meine es ernst.«

Jane zuckte mit den Schultern. »Ich bin einfach ich«, entgegnete sie. Etwas, das sie schon einmal gesagt hatte.

»Ja, das bist du«, stimmte er zu. Da er wusste, dass er ihr nicht das ganze Abendessen lang gegenübersitzen konnte, ohne daran zu denken, sie zu berühren oder zu küssen, zog Storm sie zu sich heran.

Und wieder stolperte sie gegen ihn, wobei ihre Hände auf seiner Brust landeten.

»Das ist unsere dritte Verabredung«, erinnerte er sie.

Und Gott sei Dank wusste sie genau, worauf er hinauswollte.

»Es sieht so aus, als sei die Welt – und du – ganz schön in Eile geraten«, witzelte sie.

Ihr Zitat von Brooks in *Die Verurteilten* ließ ihn noch härter werden. Er hob eine Augenbraue als stumme Frage, ob er sie küssen durfte.

Jane stellte sich nur auf die Zehenspitzen und legte eine Hand in seinen Nacken. Sie zog ihn zu sich heran und in dem Moment, in dem ihre Lippen sich berührten, wusste Storm, dass er verloren war.

Er hatte versucht, sich einzureden, dass er es langsam angehen lassen sollte, aber er lebte in einer Fantasiewelt.

Es kam ihm vor, als würde er diese Frau schon ewig küssen, aber gleichzeitig wusste er, dass er so etwas noch nie in seinem Leben gefühlt hatte. Jane tat vielleicht ihr Bestes, um bei der Arbeit in den Hintergrund zu treten, aber im Moment war nichts an ihrem Verhalten schüchtern. Sie grub die Fingernägel in seinen Nacken und ließ ihn erschauern, als er sie noch näher an sich zog.

Storm neigte den Kopf, um sie tiefer zu nehmen, und gleichzeitig schob er seine Zunge in ihren Mund. Sie stöhnte und öffnete ihren Mund weiter, um ihn hineinzulassen. Er konnte nicht anders, als das nachzuahmen, wovon er vorhin geträumt hatte: Er küsste sie inniger und ließ seine Zunge in einer plumpen Seximitation in ihren Mund hinein- und wieder hinausgleiten.

Und Jane nahm alles, was er ihr gab. Sie saugte an seiner Zunge und stöhnte, als er in ihre Unterlippe biss, bevor er wieder in ihrem Mund versank.

Wie lange sie an ihrem Tisch standen und sich küssten, wusste Storm nicht, aber erst als er sich durch den Sauerstoffmangel ein wenig benommen fühlte, zog er sich ein Stück zurück.

Jane senkte sofort den Kopf. Er spürte, wie sie tief einatmete, als wolle sie seine Essenz in ihren Körper aufnehmen ... dann leckte sie mit ihrer heißen Zunge über die Sehne an seinem Hals. Storms Schwanz war steinhart und drückte gegen ihren Bauch, aber Jane wich nicht von ihm zurück. Nein, Jane war zu diesem Zeitpunkt überhaupt nicht schüchtern, und Storm liebte es.

Gerade als er spürte, wie sie mit den Händen über die Seiten des Polohemdes strich, das er vor der Fahrt zu ihrem Haus angezogen hatte, machte sein Magen erneut mit einem langen und lauten Knurren auf seine Leere aufmerksam.

Erstaunlicherweise kicherte Jane an ihm und Storm konnte jeden Lufthauch an der empfindlichen Haut seines Halses spüren ... was nicht dazu beitrug, seine Leidenschaft zu kühlen.

»Du musst etwas essen«, sagte Jane, als sie den Kopf hob.

Storm atmete tief durch die Nase ein, als er einen Blick auf ihr Gesicht erhaschte. Ihre Lippen waren rosa und geschwollen, und sie leckte darüber, während sie ihn anstarrte. Am liebsten hätte er sie gegen den Tisch hinter ihnen gedrückt, ihr die Jeans vom Leib gerissen und ihre Essenz gekostet, aber das wäre ein wenig zu weit gegangen.

Sie lächelte, als könnte sie seine Gedanken lesen. »Bucatini«, sagte sie. »Ich habe auch eine Flasche Rotwein geholt. Meiomi ... es ist ein Pinot Noir, der nordöstlich von hier sehr beliebt ist. Ich denke, er wird dir schmecken.«

»Bestimmt«, sagte Storm, der sein Bestes tat, um seinen Körper unter Kontrolle zu bringen.

Jane nickte und wollte einen Schritt zurückgehen, aber Storm hielt sie auf. Ihm gefiel es, wenn sie sich an ihn drückte. Ihm gefiel, dass er ihre harten Brustwarzen unter ihrem rosa Hemd sehen konnte. »So habe ich mich noch nie gefühlt«, gestand er.

Sie legte fragend den Kopf schief.

»Als würde ich den Verstand verlieren, wenn ich nicht innerhalb der nächsten zehn Sekunden in dir versinke«, sagte er. Storm wusste, dass er forsch war, aber er konnte sich nicht lange genug zurückhalten, um nach höflicheren Worten zu suchen. »Ich weiß nicht, was es mit dir auf sich hat, aber du bist mir unter die Haut gekrochen, und ich will nicht, dass du gehst«, gab er zu.

»Für mich ist es eine lange Zeit gewesen«, antwortete Jane. »Ich habe in meinem Leben schon viele

Stürme überstanden, aber ehrlich gesagt hatte ich nicht damit gerechnet, dass sie so lange dauern könnten.«

Er erkannte die Zeile aus ihrem Lieblingsfilm, unterbrach sie aber nicht.

»Aber jetzt, da ich endlich das Licht sehe und Rose und ich wieder eine halbwegs normale Beziehung haben, will ich sehen, ob ich mich eine Weile auf mich selbst konzentrieren kann.«

»Ich bin also ... eine Art Befreiung für dich?«, fragte Storm verwirrt.

»Nein!«, sagte sie sofort. »Das habe ich nicht gemeint. Ich hatte den Gedanken, dass ich mich mit Männern treffen würde, die nichts Ernstes wollen. Um eine Art von Sex zu erleben, die ich noch nie hatte. Aber dann habe ich dich gesehen ... und das war's. Ich wollte keinen anderen. Wie könnte ich auch, wenn du alles warst, was ich je in meinem Leben wollte? Gut aussehend, rücksichtsvoll, erfolgreich, respektiert, lustig ... Ich sagte mir, dass du eine Nummer zu groß für mich bist. Dass du jemanden wie mich nie bemerken würdest. Aber dann hast du es getan und ich schwebte auf Wolke sieben. Aber ich mache mir Sorgen, dass ich deine Erwartungen im Schlafzimmer nicht erfüllen kann.«

Storm konnte nicht anders – er lachte.

Als Jane sich versteifte, schüttelte er den Kopf. »Ich lache nicht über dich, Jane, ich lache, weil du mich auf keinen Fall enttäuschen kannst. Der Kuss, den wir geteilt haben, war das Heißeste, was ich je in meinem Leben erlebt habe. Und damit du es weißt, ich war auch schon sehr lange mit niemandem mehr zusammen. Ich habe keinen Zweifel daran, dass wir explosiv sein werden, wenn wir zusammenkommen, aber es gibt keinen Druck. Ich bin nicht in der Erwartung hergekommen, dass du mit mir schläfst. Ich habe mich darauf gefreut, mehr Zeit mit dir zu verbringen. Ich wollte von meinen achtundvierzig Stunden Freizeit so viel wie möglich mit dir verbringen. Reden, lachen, essen, fernsehen. Das war's.«

»Du willst also nicht mit mir schlafen?«, fragte sie stirnrunzelnd.

»Oh, das will ich«, antwortete er schnell. »Aber ich *erwarte* es nicht. Wie schnell die Dinge sich zwischen uns entwickeln, liegt ganz bei dir. Aber eins sollst du wissen ... wenn ich mit dir ins Bett gehe, will ich alles von dir. Kein Verstecken im Dunkeln unter der Bettdecke. Ich will, dass das Licht brennt und du dich für mich spreizt, damit ich mich an dir sattsehen kann. Du bist wunderschön und ich habe das Gefühl, dass ich nie genug davon bekommen werde.«

Ihm gefiel die Röte, die sich auf ihrem Gesicht bildete, aber noch mehr gefiel ihm, dass sie sich offensichtlich genauso danach sehnte, mit ihm zusammen zu sein.

»Okay«, sagte sie nach einem Moment.

»Okay«, stimmte er zu. »Wie wäre es, wenn wir jetzt essen, bevor mein Magen wieder seinen Unmut darüber äußert, wie wenig ich ihm heute zu essen gegeben habe.«

Jane nickte und er erlaubte ihr, sich zu entfernen. Er folgte ihr in die Küche und half ihr, die Gerichte aufzutragen. Als sie sich zum Essen hinsetzten, war es erstaunlich gemütlich. Es gab kein Unbehagen wegen ihres Gesprächs. Sie lachte mit ihm und teilte fröhlich ihren Seebarsch, genauso wie sie sich Stücke von seinen Bucatini stibitzte.

Sie sprachen über alles und nichts. Wie gern sie hübsche Muscheln sammelte, die sie an den Stränden rund um den Stützpunkt fand, über sein Faible für bequeme Socken ... er hasste es, kratzende Socken zu tragen oder wenn die schlecht platzierten Nähte an seinen Zehen scheuerten.

Als sie den Abwasch erledigt hatten und es sich auf ihrer Couch gemütlich machten, um eine Wiederholung von *Seinfeld* zu sehen, hatte Storm noch mehr das Gefühl, als würde er Jane schon ewig kennen. Bei ihr zu sein fühlte sich richtig an, als sei sein altes Paar Lieblingssocken auf magische Weise wieder flauschig und neu geworden.

Er wünschte sich nur, er hätte sie schon Jahre früher gefunden, dann hätten sie mehr Zeit miteinander gehabt.

KAPITEL SIEBEN

Jane hatte den Kopf auf Storms Schulter gelegt und fühlte sich so wohl wie noch nie. Sie hatte ewig gebraucht, um mit ihrem Ex an diesen Punkt zu gelangen. Ja, sie war ein Teenager gewesen, aber sie hatte sich von ihm nicht so küssen lassen wie von Storm, bis sie einander mehrere Monate gekannt hatten.

Es war verrückt. Sie war eine erwachsene Frau, die den Gedanken nicht mehr loswurde, vor Storm auf die Knie zu gehen, ihm den Reißverschluss herunterzuziehen und ihn auf der Stelle in den Mund zu nehmen. Sie hatte nicht einmal gedacht, dass sie Sex so sehr *mochte*, bis sie angefangen hatte, über ihn zu fantasieren. Und als er sie schließlich küsste, war sie ein wenig verrückt geworden und hatte ihn von Kopf bis Fuß berühren wollen. Zum Glück hatte sein Magen geknurrt und sie wieder zur Vernunft gebracht.

Aber jetzt saßen sie auf ihrer Couch und sahen Jerry Seinfeld dabei zu, wie er den Namen seiner Freundin zu erraten versuchte, von dem er wusste, dass er sich auf ein Körperteil reimte, und sie konnte nur daran denken, Storm zu bespringen.

Sie mochte es, dass er sich wie ein Gentleman verhielt und nicht versuchte, sie zu drängen, aber Jane merkte, dass sie gedrängt werden *wollte*. Würde er sie für zu aggressiv halten, wenn sie mehr als nur Kuscheln initiierte?

»Worüber denkst du so angestrengt nach?«, fragte Storm. »Und sag mir nicht, dass es an der Sendung liegt, denn auch wenn es lustig ist, dass Jerry denkt, seine Freundin heiße Mulva, ist es nicht tiefsinnig genug, dass du diese Falten auf der Stirn hast.« Er strich ihr mit einer Fingerspitze über die Stirn und Jane erschauerte leicht, als sie seine schwielige Fingerspitze auf ihrer Haut spürte.

»Ich will nicht, dass du schlecht von mir denkst«, sagte Jane.

»Nichts, was du sagst, würde mich dazu bringen, schlecht über dich zu denken«, versicherte er ihr.

Sie atmete tief durch und beschloss, einfach zu sagen, was ihr durch den Kopf ging. »Ich will dich«, verkündete sie.

Sie musste Storm lassen, dass sein Gesichtsausdruck sich nicht veränderte. Aber sie sah, wie seine Pupillen sich weiteten.

Er holte tief Luft, verlagerte sein Gewicht und legte einen Finger unter ihr Kinn, damit sie den Blick nicht von ihm abwenden konnte. »Mutig«, murmelte er. Dann sagte er lauter: »Ich will dich auch. So sehr. Aber falls du es dir an irgendeinem Punkt anders überlegst, brauchst du es mir nur zu sagen und ich höre auf.«

»Ich werde meine Meinung nicht ändern«, versicherte Jane ihm.

»Aber trotzdem. Ich möchte nichts tun, bei dem du dich unwohl fühlst. Wenn du es dir anders überlegst oder dich unbehaglich fühlst, sag einfach Bescheid.«

»Okay. Das gilt auch für dich«, entgegnete sie.

Storm legte fragend den Kopf schief.

»Was? Ich weiß, die Medien konzentrieren sich darauf, dass Frauen das Recht haben, Nein zu sagen, aber Männer haben dieses Recht auch. Nur weil ich Sex haben will, heißt das nicht, dass *du* es auch willst.«

Storm lachte und ließ den Finger von ihrem Kinn sinken. »Ich will es«, sagte er ernst.

Dann fuhr er mit dem Finger über den Ausschnitt ihrer Bluse mit V-Ausschnitt und senkte den Blick, während er den Finger weiterbewegte …

Jane erschauerte und spürte, wie ihre Brustwarzen hart wurden. Sie wusste, dass er ihre körperliche Reaktion auf seine Berührung sehen konnte, denn er leckte sich über die Lippen und atmete tief ein. Da sie das Gefühl hatte, dass sie später nicht in ihr Bett würde wechseln wollen, wenn sie hier auf dem Sofa begannen, stand sie wortlos auf und streckte eine Hand aus.

Storm ergriff sie sofort und folgte ihr aus dem Zimmer in den kurzen Flur, der zu den beiden Schlafzimmern führte. Jane wäre der Zustand ihres Zimmers peinlich gewesen – sie war nicht gerade eine Ordnungsfanatikerin –, aber als sie zu Storm zurückblickte, war sein Blick auf ihren Hintern geheftet, weshalb sie bezweifelte, dass er ihre Unordnung überhaupt bemerken würde.

Sie führte ihn an die Seite ihres großen Bettes. Es war immer groß genug für sie gewesen, aber jetzt, da er sich zu ihr legen würde, fragte sie sich, ob er es wohl für zu klein hielt.

Sie weigerte sich, ein schlechtes Gewissen zu haben – das Dasein als alleinerziehende Mutter war weder einfach noch billig gewesen –, und ließ Storms Hand lange genug los, um eine Schublade in einem kleinen Tisch neben ihrem Bett zu öffnen. Sie holte die Schachtel mit den Kondomen heraus, die sie Anfang der Woche gekauft hatte, als sie ein wenig geträumt hatte. »Ich hoffe, das ist kein Problem.«

Storm schüttelte sofort den Kopf. »Ich bin gesund. Ich habe dir gesagt, dass es schon eine Weile her ist, dass ich mit jemandem zusammen war, und das war nicht gelogen. Aber ich bin mehr als einverstanden damit zu verhüten. Ich würde nie etwas tun, das dich in Gefahr bringt.«

Das Thema war ein wenig peinlich, aber sie war erwachsen, und wenn sie erwachsene Dinge wie Sex tun wollte, musste sie auch reif genug sein, um über Dinge wie Verhütung zu reden. »Ich bin auch gesund und es ist unwahrscheinlich, dass ich schwanger werde, aber ich will es nicht riskieren.«

»Das kann ich dir nicht verdenken«, sagte Storm, nahm ihr die Schachtel aus der Hand und legte sie auf den Nachttisch. Er führte eine Hand in ihren Nacken und vergrub die Finger in ihren Haaren, wodurch er ihren Kopf ein wenig nach hinten neigte. Diese kleine Demonstration von Kontrolle ließ sie vor Erregung zittern. »Ich würde niemals deine Gesundheit riskieren. Niemals«, sagte er ruhig. »Aber«, fuhr er fort, »ich kann nicht leugnen, dass der Gedanke, nackt in dir zu sein, verdammt erregend ist. Wenn es zwischen uns funktioniert, und darauf zähle ich, werden wir sehen müssen, was wir tun können, um das zu verwirklichen.«

»Ja«, flüsterte Jane, da der Gedanke daran sie noch mehr erregte.

»Hast du sonst noch irgendwelche Bedenken?«, fragte Storm.

»Nein.«

Storm spannte kurz die Hand in ihrem Haar an, dann nickte er und ließ sie los. Er trat einen Schritt zurück, griff mit den Händen an den Saum seines

Hemdes und zog es sich mit einer schnellen Bewegung über den Kopf.

Jane schluckte schwer und leckte sich erwartungsvoll über die Lippen. Storm war gut gebaut. Sie hatte seinen Körper schon einmal gesehen, war aber nicht in der Verfassung gewesen, ihn zu schätzen. Seine Brust war leicht behaart, was verdammt sexy war, aber im Moment war sie mehr daran interessiert, jeden einzelnen der Muskeln zu spüren, die sich in seiner Brust und seinen Armen abzeichneten.

Sie schlang die Arme um seinen Bizeps, lehnte sich an ihn und leckte an seiner rechten Brustwarze.

»Verdammt«, flüsterte Storm, legte eine große Hand an ihren Hinterkopf und drückte sie noch fester an sich.

Lächelnd nahm Jane den Hinweis zur Kenntnis, nahm seine Brustwarze in den Mund und saugte kräftig daran. Er stöhnte und packte ihr Haar fester.

Jane wechselte zur anderen Brustwarze, da sie nicht anders konnte, als sich durch seine ungehemmte Reaktion auf ihren Mund bestärkt zu fühlen. Als sie nach unten blickte, konnte sie sehen, wie sein Schwanz gegen den Hosenschlitz seiner Jeans drückte. Sie hatte sich noch nie um die Größe eines Mannes gekümmert, da sie glaubte, dass das, was er mit seinem Penis *tun* konnte, wichtiger war, aber sie war beeindruckt von dem, was Storm zu bieten hatte.

Der Griff um ihr Haar wurde fester und sie ließ zu, dass Storm ihren Kopf von seinem Körper wegzog. »Genug«, sagte er mit tiefer, heiserer Stimme. »Ich muss dich sehen. Ich habe mir vorgestellt, wie du nackt vor mir stehst ... und diesmal nicht, weil du verletzt bist.«

Jane errötete, denn sie wollte sich nicht daran erinnern, wie sie sich aus der Not heraus für ihn hatte ausziehen müssen. Diesmal war es ihre eigene Entscheidung. Und sie hustete nicht wegen Tränengases ihre Lunge heraus.

Er ließ die Hand von ihrem Kopf sinken, als sie zurücktrat und sich an den Knopf ihrer Jeans machte. Sie öffnete ihn, schob die Jeans über ihre Beine und zog sie aus. Sie griff unter ihr Hemd, löste den Verschluss ihres trägerlosen BHs und lächelte, als Storm das betrachtete, was er von ihren Beinen sehen konnte. Sie ließ ihren BH fallen und stellte sich aufrecht hin. Sie griff nach dem unteren Teil ihrer Bluse, aber er hielt sie auf.

»Lass mich«, sagte er leise.

Nickend ließ Jane die Hände sinken.

Storm griff nach dem Saum ihres Oberteils und sie spürte, wie er mit den Fingern ihre Seiten berührte. Sie zog den Bauch ein, so gut sie konnte, in dem Wunsch, sie wäre besser in Form für ihn. Sie wünschte, ihr Bauch wäre nicht so dick und ihre Oberschenkel wären straffer. Ihr Hintern war schon immer dick gewesen und sie machte sich Sorgen, dass es ihn abschrecken könnte.

Als ihr all diese Unsicherheiten durch den Kopf gingen, hatte Storm bereits den Stoff ihrer Bluse gepackt und sie über ihren Kopf gezogen. Sie hob die Arme, um ihm zu helfen, und stand dann nur mit dem schwarzen Baumwollhöschen, das sie zuvor angezogen hatte, vor ihm.

»Wunderschön«, murmelte Storm, während er sie einfach nur anstarrte. Seine Hände ruhten wieder auf ihren Hüften, aber sonst bewegte er sich nicht.

Unruhig sagte Jane: »Ich bin nicht mehr dreiundzwanzig.«

Storm schnaubte. »Gott sei Dank«, sagte er. »Dreh dich um.«

Jane blinzelte überrascht und fragte: »Was?«

»Dreh dich um. Ich will deinen Hintern sehen.«

Mit angehaltenem Atem tat Jane, was er von ihr verlangte, und es gefiel ihr, dass er seine Hände nicht von ihr nahm, als sie sich ihrem Bett zuwandte.

»Verdammt. Besser als in meiner Fantasie«, sagte Storm.

Sie schaute über ihre Schulter und sah, dass sein Blick auf den Hintern fixiert war, den sie fast ihr ganzes Leben lang für zu groß und schwabbelig gehalten hatte.

Dann hockte er sich hinter sie, nahm ihre Pobacken in die Hände und drückte zu.

Vor Überraschung stolperte Jane und stützte sich auf der Matratze ab, wodurch sie leicht vorgebeugt war.

»Scheiße ja«, murmelte Storm und Jane spürte, wie er mit den Fingern den durchnässten Stoff ihres Höschens berührte.

Bei jedem anderen wäre es ihr vielleicht peinlich gewesen, aber so wie Storm hinter ihr hockte, konnte sie seine Erektion deutlich sehen. In dem Moment, in dem ihr der Gedanke kam, ließ er eine Hand zu den Knöpfen und dem Reißverschluss seiner Jeans wandern, um sie zu öffnen. Er stöhnte erleichtert, dann führte er seine Hand wieder zu ihrem Hintern.

»Du bist umwerfend«, sagte er, ohne den Blick von ihrem Körper abzuwenden.

»Ich könnte etwas abnehmen«, flüsterte sie leise.

»Auf gar keinen Fall«, entgegnete er nachdrücklich.

»Aber du bist so gut in Form. So ... hart«, protestierte sie.

»Das bin ich.« Er grinste. »Aber das bedeutet nicht, dass ich meine Frauen so schätze. Ich mag es *weich*«, sagte er. »Ich kann es kaum erwarten, deine Kurven an mir zu spüren. Wie sie mich umgeben. Mich halten.«

Seine Worte verführten sie noch mehr als das Gefühl seiner Hände auf ihrem Körper.

Er übte leichten Druck auf ihre Hüften aus, um ihr zu zeigen, dass sie sich für ihn umdrehen sollte. Jane tat es und blickte auf ihn hinunter, wie er noch immer vor ihr hockte. Sie konnte die Spitze seines Schwanzes sehen, die durch den Schlitz seiner Boxershorts herausschaute. Sie leckte sich über die Lippen und verspürte plötzlich das Verlangen, mehr von ihm zu sehen. Alles von ihm.

Aber er hatte andere Vorstellungen. Er hakte die Finger in den Bund ihres Höschens und sah auf. »Darf ich?«, fragte er.

Jane nickte.

Dann zog er den Baumwollstoff langsam ihre Hüften und Oberschenkel hinunter. Sie schob den Slip weg, als er zu ihren Füßen auf den Teppich fiel – und dann stand sie nackt vor Storm. Dem Mann, in den sie seit Ewigkeiten verknallt war. Sie wäre nervös gewesen, aber der Blick der totalen Lust in seinem Gesicht ließ all ihre Sorgen verschwinden.

»Verdammt«, flüsterte er, beugte sich vor und küsste die Stelle, an der ihr Bein auf ihre Hüfte traf.

Jane wimmerte. Sie wusste, dass sie feucht war, und sie wollte unbedingt seine Hände auf sich haben. »Storm«, bettelte sie.

»Was?«, fragte er, ohne den Blick von ihren Beinen zu nehmen.

»Berühre mich.«

»Das tue ich«, sagte er. »Du riechst so verdammt gut.«

Janes Herz hämmerte und sie wollte mehr tun, als nur

den erstaunlich gut aussehenden Mann zu ihren Füßen anzuschauen. Sie setzte sich plötzlich auf die Matratze und rutschte nach hinten. Sie schob die Bettdecke nach unten und stützte sich auf den Ellbogen ab. »Ich bin mir nicht sicher, warum ich die Einzige bin, die hier nackt ist«, brachte sie mit halbwegs normaler Stimme heraus.

Storm verstand den Wink, schob seine Jeans und Boxershorts nach unten, zog sie aus und lag halb auf ihr auf dem Bett, bevor sie richtig Luft holen konnte. Jane spürte seinen harten Schwanz an ihrem Oberschenkel und bewegte, ohne nachzudenken, eine Hand nach unten, um ihn zu umschließen.

Er stöhnte und stieß einmal in ihren Griff, bevor er ihr Handgelenk packte. Er zog ihre Hand nach oben und über ihren Kopf, wobei er auch die andere mitnahm. Jane grinste ihn an.

»Luder«, sagte er lachend. »Noch mehr davon und ich würde durchdrehen und der Spaß wäre vorbei, bevor er begonnen hat.«

»Wirklich?«, fragte sie.

»Ich bin kein junger Mann mehr«, erklärte er schamlos. »Und wie ich schon sagte, ist es lange her, dass ich das gemacht habe. Ich will auf keinen Fall woanders als in diesem Kondom kommen, während ich tief in deinem heißen, feuchten Körper bin. Bis dahin möchte ich, dass du deine Hände bei dir behältst.«

Jane zog einen gespielten Schmollmund. »Wo bleibt da der Spaß?«

»Oh, wir werden Spaß haben«, entgegnete Storm.

»Ich darf dich gar nicht anfassen?«, fragte Jane enttäuscht.

Er musterte sie einen Moment lang. »Willst du das?«

»Ja«, antwortete sie ehrlich.

»Im Moment kannst du mich überall anfassen, nur nicht an meinem Schwanz. Ich meine es ernst, wenn ich sage, dass es nur ein paar Berührungen von dir braucht, um mich in den Wahnsinn zu treiben.«

Jane zitterte. Sie mochte das Gefühl der Macht, das ihr das gab. Sehr sogar. »Okay.«

»Okay«, wiederholte Storm. »Sag mir Bescheid, wenn ich etwas tue, das dir nicht gefällt.«

Und das war die einzige Warnung, die sie bekam, bevor er ihren Körper hinunterglitt. Als sein Kopf ihre Rippen erreichte, legte er eine Hand auf ihre Brust und nahm ihre Brustwarze in den Mund.

Wenn Jane gedacht hatte, er würde langsam und vorsichtig vorgehen, hatte sie sich geirrt. Er saugte so stark an ihr, dass sie das Ziehen in ihrer Gebärmutter spürte. Jane krümmte den Rücken, umklammerte seinen Bizeps und hielt sich fest, als hinge ihr Leben davon ab.

Sie wand sich in seinem Griff, bis er ihre Hüften mit einer Hand fixieren musste. Dann wechselte er auf die andere Seite und behandelte diese Brustwarze genauso wie die erste. Jane wimmerte und genoss die Lust und den Schmerz, die sein Mund ihr bereiteten. Sie hätte nie gedacht, dass ihre Brüste so empfindlich waren, aber es hatte sie auch noch nie jemand so behandelt, wie Storm es tat. Sie wollte, dass er aufhörte, aber sie wollte auch, dass er weitermachte. Es war verwirrend und verdammt erotisch.

Mit einem Ploppen nahm er seinen Mund von ihr und grinste, als sie seufzte. »Heilige Scheiße, Storm.«

»War das gut?«, fragte er.

»Oh ja.«

Er nickte zufrieden und rutschte weiter an ihrem Körper hinunter.

Jane wusste, dass sie nicht nervös sein sollte. Sie hatte schon öfter Oralsex gegeben und bekommen, aber die Art und Weise, wie Storm sie ansah, als sei sie seine nächste Mahlzeit, verunsicherte sie irgendwie.

»Storm?«

»Ja, Baby?«, fragte er.

Sie erschauderte, als sie den Kosenamen hörte. »Geh es langsam an«, bat sie ihn.

Einen Moment lang dachte sie, er würde sie ignorieren, aber dann nickte er. Er neigte nur sein Kinn, aber sie entspannte sich. Er stupste ihre Beine weiter auseinander. »Weiter«, befahl er.

Jane stellte die Füße flach auf das Bett und ließ ihre Knie zur Seite fallen. Storm schob sofort seine Schultern zwischen ihre Oberschenkel und sie spürte das Brennen ihrer inneren Muskeln. Sie würde morgen Muskelkater haben, aber sie freute sich bereits auf den köstlichen Schmerz.

Eine Hand ruhte auf ihrem Bauch und drückte sie nach unten, während er mit den Fingerspitzen der anderen Hand über ihre feuchten Schamlippen strich. »So verdammt schön«, murmelte er, bevor er den Kopf senkte.

Jane spannte sich an, bereit für alles, aber als er mit der Zunge leicht über ihre Schamlippen leckte, erschauderte sie vor Ekstase und entspannte sich völlig.

Es folgten zwanzig Minuten, in denen Storm sie verehrte, bis sie sich wand und ihn um mehr anflehte. Sie härter zu berühren, an ihr zu saugen. Sie liebte das Gefühl, wenn er süß und vorsichtig war, aber sie brauchte mehr.

Storm hob den Kopf und Jane sah, wie ihre Erregung auf seinem Kinn glitzerte. »Halt dich fest«, sagte er.

»Woran?«, fragte Jane.

»An mir.« Dann senkte Storm den Kopf erneut – und Jane merkte sofort, dass er nicht mehr langsam und sanft sein wollte. Er schob einen Finger in sie hinein und umschloss ihre Klitoris mit den Lippen. Er saugte und benutzte seine Zunge wie einen Mini-Vibrator, um gegen ihr hochsensibles Nervenbündel zu peitschen. Der Finger, der in ihr steckte, war gekrümmt und drückte gegen ihren G-Punkt.

Und einfach so wusste Jane, dass sie kommen würde. Hart.

»Storm!«, schrie sie, als ihre Bauchmuskeln sich anspannten und sie sich nach oben krümmte. Mit einer Hand umklammerte sie das Haar auf seinem Kopf, mit der anderen das Handgelenk der Hand, die immer noch auf ihrem Bauch ruhte.

Er stöhnte gegen ihre Klitoris, und das war alles, was es brauchte. Ihr Orgasmus war so intensiv, dass sie kleine schwarze Punkte vor ihren Augen schweben sah. Sie spürte, wie Storm einen weiteren Finger in sie einführte und sie hart fickte, während er mit den Lippen an ihrer Klitoris saugte und sie sich weiter unter ihm wand.

Schließlich krächzte sie: »Das reicht, zu empfindlich!«, als seine Berührungen schmerzhaft wurden. Sofort hob er den Kopf und zog seine Finger zurück. Aber er bewegte sich nicht zwischen ihren Beinen weg. Stattdessen begann er sofort, an den Säften zu lecken, die er aus ihrem Körper geholt hatte. Träge fuhr er mit seiner Zunge über ihre Schamlippen, immer und immer wieder, da er offensichtlich die Früchte seiner Arbeit genoss.

Als sie sich völlig ausgewrungen fühlte, sackte Jane schwer atmend auf die Matratze zurück, als sei sie gerade einen Marathon gelaufen.

Als Storm sich zwischen ihren Beinen bewegte, hatte sie nicht mehr die Kraft, sie zu schließen. Er kam auf Händen und Knien über sie und griff nach dem Nachttisch. Er öffnete die Schachtel mit den Kondomen und hatte innerhalb von Sekunden eines über seinen beeindruckenden Schwanz gerollt.

»Darf ich dich jetzt anfassen?«, fragte sie.

Er zögerte, nickte dann jedoch.

Er kniete zwischen ihren Beinen, und Jane griff nach unten und umfasste seine pochende Erektion. Er war groß. Größer als jeder andere, mit dem sie je zusammen gewesen war, aber dieser Gedanke erregte sie eher, als dass er ihr Angst machte. Sie würde ihn nehmen und hoffen, dass er sich genauso gut fühlen würde, wie sie es gerade getan hatte.

»Bereit?«, fragte Storm, als er ihre Beine erneut auseinander drückte.

Jane nickte, zog ein Bein hoch und schlang es um seinen Oberschenkel. Er nahm seinen Schwanz in die Hand und fuhr mit der Spitze durch ihre nassen Schamlippen. Es fühlte sich gut an.

Das fand er offensichtlich auch, denn die Adern an seinem Hals traten hervor und er stöhnte.

»Das wird schnell gehen«, warnte er sie.

»Okay«, stimmte sie zu.

Dann schob Storm langsam, ganz langsam seine Länge in sie hinein, bis sie seine Hoden an ihrem Hintern spüren konnte. Dann legte er eine Hand unter sie, hob sie hoch und zog sie noch weiter zu sich heran. Sie spürte, wie er sie von innen heraus dehnte, aber es tat nicht weh.

»Verdammt, du fühlst dich fantastisch an«, sagte Storm und durchbohrte sie mit seinem Blick.

»Du auch«, sagte sie.

Dann überraschte er sie, indem er sich auf seine Fersen setzte und ihren Hintern auf seine Oberschenkel zog.

»Was machst du da?«, fragte sie.

»Wie gesagt, sobald ich in deinen wahnsinnig heißen Körper stoße, werde ich abgehen wie eine Rakete. Ich will, dass du wieder kommst, bevor ich es tue.«

Jane war noch nie allein durch Geschlechtsverkehr zum Orgasmus gekommen. Dazu musste ihre Klitoris immer direkt stimuliert werden, und die meisten Männer hatten nicht das Zeug dazu, dafür zu sorgen, dass sie den Sex ebenfalls genoss.

»Es ist in Ordnung«, versuchte Jane, ihn zu beruhigen. »Glaub mir, du hast mich schon härter kommen lassen, als ich es je erlebt habe.«

»Gut«, erwiderte er mit Genugtuung. »Dieses Mal möchte ich es an meinem Schwanz spüren.«

Dann legte er einen Daumen auf ihre immer noch extrem empfindliche Klitoris und übte Druck aus.

»Verdammt!«, rief Jane, als sie unter ihm zusammenzuckte.

»Du bist so feucht«, sagte er, während er mit ihr spielte. »Und du schmeckst so gut. Ich kann es kaum erwarten, dich wieder in den Mund zu nehmen. Du wirst noch ganz wund sein, so oft will ich es noch tun.«

Seine Worte waren schmutzig, aber verdammt heiß. So hatte noch nie jemand mit ihr geredet, und Jane gefiel es. Sie war gerade erst gekommen, aber sie spürte bereits einen weiteren Orgasmus in sich aufsteigen.

»Genau so. Ich kann spüren, wie du zuckst. Es fühlt sich unglaublich an. So etwas habe ich noch nie erlebt. Mach weiter. Komm an meinem Schwanz, Jane ... drück mich.«

Als wäre sie darauf programmiert, genau das zu tun, was er befahl, spürte Jane erstaunlicherweise, wie sie erneut explodierte.

»Oh ja, Scheiße, das ist so verdammt gut. Du zitterst an mir ... Verdammt, ich kann mich nicht zurückhalten. Halt dich fest, Baby«, sagte Storm zu ihr. Dann bewegte er sich, bis er wieder auf den Knien war, und begann, in ihren Körper zu stoßen.

Janes Orgasmus schien immer weiter zu gehen, am Leben erhalten durch Storms Schwanz, der in sie hinein und wieder hinaus glitt und Nerven weckte, die seit Jahren nicht mehr stimuliert worden waren.

»Ich werde dich bald von hinten nehmen wollen, Baby. Zusehen, wie dein umwerfender Hintern wackelt, während ich dich ficke. Gott, du bist so schön …«

Zum ersten Mal in ihrem Leben *fühlte* Jane sich schön. Mit diesem kräftigen und gut aussehenden Mann, der sich an ihrem Körper vergnügte und sie mit offensichtlicher Lust und Zuneigung in den Augen ansah. Sie wollte ihm so viel geben. Alles, was er wollte, würde sie ihm geben, denn sie wusste, dass er ihr das Vergnügen zehnfach zurückgeben würde.

»Oh Scheiße, noch nicht«, sagte Storm, aber es war zu spät. Er schob sich so weit in sie hinein, wie er konnte, ließ den Kopf nach hinten fallen und sein ganzer Körper bebte, als er zum Orgasmus kam.

Jane streichelte seine Arme, als er sich über sie beugte, und nach einem langen Moment stöhnte er und sackte praktisch auf ihr zusammen.

»Das war's. Ich bin tot. Du hast mich umgebracht«, rief er und achtete darauf, sie nicht zu erdrücken, als er sich auf sie legte.

»Entweder man entscheidet sich zu leben, oder man entscheidet sich zu sterben«, scherzte sie.

Ein erschrockenes Lachen entwich ihm und sein Schwanz glitt mit der Bewegung aus ihrem Körper.

»Verdammt«, sagte er enttäuscht.

Jane war auch enttäuscht, aber als Storm sich auf die Seite drehte und sie in seine Arme zog, konnte sie sich nicht beschweren. Ihre Arme waren zwischen ihnen eingeklemmt und sie waren beide etwas verschwitzt von ihrem Liebesspiel, aber das war Jane egal. Sie vergrub die Nase an seinem Hals und streichelte mit den Fingerspitzen über seine Brust.

»Geht es dir gut?«, fragte er leise.

»Oh ja«, antwortete sie mit einem Seufzer.

»Danke«, sagte Storm.

»Ich glaube, das ist mein Satz«, entgegnete Jane.

Aber Storm grinste nicht einmal. »Danke, dass du mir deinen Körper anvertraut hast. Dass du mir das beste Geschenk gemacht hast, das ich seit Langem bekommen habe.«

»Nichts zu danken. Bleibst du?«

Bei diesen Worten hob Storm den Kopf, um sie anzusehen.

Jane begegnete mutig seinem Blick. »Ich meine, ich möchte es, aber ich weiß nicht, wie die Regeln hier aussehen.«

»Regeln?«, fragte er.

»Ja, Verabredungsregeln. Ich bin aus der Übung.«

»Es ist mir scheißegal, was andere Leute tun«, sagte Storm entschieden. »Wenn du mich bleiben lässt, will ich auch bleiben. Ich kann mir nichts Besseres vorstellen, als meinen gesamten achtundvierzigstündigen Urlaub mit dir zu verbringen. Nicht nur die Tagesstunden.«

Jane wusste, dass sie albern grinste, aber sie konnte nicht anders. »Ich bin mir sicher, dass du irgendwann nach Hause fahren musst, um Kleidung und so weiter zu holen.«

»Das werde ich«, stimmte er zu. »Und wenn du offen dafür bist, kannst du eine Tasche packen und mit mir kommen. Ich koche morgen Abend und du kannst die Nacht in meinem Bett verbringen.«

»Wie ist das passiert?«, fragte Jane, mehr sich selbst als Storm.

»Du hast mich mit deiner Tapferkeit und Selbstlosigkeit umgehauen«, antwortete er ernst. »Dann habe ich erkannt, wie schön, klug und witzig du bist. Ich war hin und weg.«

Jane verdrehte die Augen.

»Ich meine es ernst«, sagte er. »Du hast alles, was ein Mann sich wünschen kann. Es tut mir nur leid, dass ich nicht früher gesehen habe, was sich direkt vor meiner Nase befand.«

»Mir auch«, gab sie zu.

»Aber jetzt bin ich hier ... und ich gehe nirgendwo hin.«

Das gefiel Jane verdammt gut. Sie öffnete den Mund, um ihm genau das zu sagen, gähnte aber stattdessen.

Storm lachte. »Müde?«

»Ja. Es waren verdammt lange zwei Wochen. Ganz zu schweigen von den zwei Orgasmen, die ich heute Abend hatte.«

Er grinste. »Du warst spektakulär«, lobte er. »Ich muss noch das Kondom entsorgen, dann schlafen wir.«

»Okay«, stimmte sie zu und seufzte zufrieden, als er sich zu ihr beugte, sie auf die Stirn küsste und dann aus dem Bett stieg. Während er weg war, rückte sie die Decken und Kissen zurecht und machte sich nicht die Mühe zu verbergen, dass sie ihm nachstarrte, als er völlig nackt ins Bett zurückkam.

»Gefällt dir, was du siehst?«, fragte er lächelnd, als er unter die Decke kroch und sie an sich zog.

»Klar«, antwortete sie, wobei sie sein Grinsen erwiderte.

»Mir auch«, sagte er, während er unter der Decke mit einer Hand ihre Pobacken streichelte.

Jane kuschelte sich an den Mann an ihrer Seite und seufzte glücklich. Im einen Moment dankte sie ihrem Glücksstern, dass Storm sie irgendwie bemerkt hatte, und im nächsten lag sie in einem tiefen, zufriedenen Schlaf.

KAPITEL ACHT

Als der Sonntagabend anbrach, wusste Storm bereits, dass er sich bis über beide Ohren in Jane verliebt hatte. Er spürte keine der Ängste mehr, die er gelegentlich bei den Frauen verspürt hatte, mit denen er in der Vergangenheit ausgegangen war. Er hatte nicht ständig auf die Uhr geschaut, um zu sehen, wann er sich aus dem Staub machen konnte, und als es Zeit wurde, dass sie ging, war er wirklich enttäuscht.

Der Sex war zwar fantastisch gewesen, aber das war nicht der Hauptgrund, warum er sich so zu ihr hingezogen fühlte. Er genoss es einfach, in ihrer Nähe zu sein. Sie beschwerte sich nicht über jede Kleinigkeit. Sie war auch für die kleinsten Dinge dankbar, die er und andere für sie taten. Zum Beispiel, als sie im Supermarkt gewesen waren und die Kassiererin ihr einen Coupon gab, den jemand anderes zurückgelassen hatte. Jeder, der sie beobachtete, hätte gedacht, die Frau hätte Jane hundert Dollar gespart und nicht nur fünfzig Cent.

Ihm gefiel auch, dass Jane etwas schüchtern war. Storm hatte sein ganzes Leben als Beschützer verbracht, und er genoss diese Rolle. Als ein Mann Jane so heftig anrempelte, dass sie fast auf den Hintern fiel, nahm er sie mit Freuden in Schutz.

Storm konnte nicht glauben, dass er Jane so lange gekannt hatte, ohne zu merken, was für ein toller Mensch sie war. Er kam sich dumm vor und war von sich selbst angewidert. Aber er wusste, dass sie bei ihrer Schüchternheit nie den ersten Schritt gemacht hätte, und er dankte seinen Glückssternen, dass er das Juwel, das direkt vor seiner Nase lag, endlich erkannt hatte.

»Was hast du diese Woche vor?«, fragte sie, während sie auf dem Parkplatz seines Reihenhauses neben ihrem schwarzen Toyota Camry älteren Baujahrs standen.

»Besprechungen, Recherchen und der Versuch, Dag dabei zu helfen, sich durch die Gerichtsakten zu wühlen«, antwortete er. »Er sagte, er brauche keine Hilfe, aber ich will, dass das erledigt wird. Zum Teil, weil er mein Freund ist und ich es hasse, dass er in Gefahr sein könnte, aber auch, weil ich nicht will, dass du noch mehr in die Sache verwickelt wirst, als du es ohnehin schon bist.«

»Aber du bist doch schon so beschäftigt«, warf sie ein.

»Das bin ich, aber ich habe *immer* Besprechungen und Recherchen, also ist das keine große Sache.«

Jane rümpfte auf liebenswerte Weise die Nase. »Das hört sich nicht lustig an.«

Storm lachte. »Es ist nicht schlimm. Ich bin daran gewöhnt.«

Sie nickte.

Dann fiel ihm etwas ein. »Am kommenden Wochenende gibt es ein SEAL-Treffen am Strand. Willst du mit mir kommen?«

Jane blinzelte überrascht. »Wirklich?«

Nach ihrem gemeinsamen Wochenende reizte es ihn irgendwie, dass sie über seine Frage so überrascht war. »Ja, wirklich.«

Sie merkte offensichtlich, dass sie ihn verärgert hatte, denn sie legte eine Hand auf seine Brust, direkt über sein Herz. Sie streichelte ihn, als sei er ein gefährliches Tier, das beruhigt werden musste. »Ich ... die Sache zwischen uns ist neu, und ich war mir nicht sicher, ob du den Leuten, mit denen wir zusammenarbeiten, davon erzählen willst ... abgesehen von den wenigen Leuten, die es schon wissen.«

Storm runzelte die Stirn. »Wir brechen doch keine Regeln. Du bist nicht in der Marine, also ist es keine Beziehung unter Kollegen.«

»Ich weiß«, sagte sie schnell, »aber ... ich möchte

nicht, dass die Dinge seltsam werden, falls ...« Sie verstummte.

Storm trat vor und bedrängte sie, bis sie mit dem Rücken an ihren Wagen stieß.

»Storm?«

»Denk nicht daran, dass wir Schluss machen, bevor wir überhaupt angefangen haben«, knurrte er.

»Tue ich auch nicht. Ich meine, es ist nur ... du bist du und ich bin ich.«

»Was zum Teufel soll das heißen?«, fragte er.

Jane biss sich auf die Lippe und schaute ihn bestürzt an.

Storm holte tief Luft und umschloss ihr Gesicht mit den Händen. Er beugte sich hinunter, um seine Stirn auf ihre zu pressen. »Ich mag dich, Jane. Sehr sogar. Ich weiß nicht viel über die offensichtlichen Verlierer, mit denen du in der Vergangenheit ausgegangen bist, aber kein einziger meiner Kollegen oder SEALs wird denken, dass wir nicht zueinander passen. Wahrscheinlich werden sie mich zur Seite nehmen und mich davor warnen, dich zu verarschen.«

»Ich mag dich auch«, flüsterte sie. »Ich habe nur Angst, dass du eines Tages aufwachst und dich fragst, was zum Teufel du mit mir machst. Ich habe eine erwachsene Tochter, mit der ich mich nicht gerade gut verstehe, auch wenn es im letzten Jahr besser geworden ist. Ich nähere mich dem mittleren Alter, und obwohl ich genügend verdiene, um ein Dach über dem Kopf zu haben, schwimme ich nicht gerade in Geld.«

Er trat zurück und sah ihr in die Augen. »Und du bist aufrichtig nett, du hilfst jedem, wo du kannst, du arbeitest hart und bist kein Schmarotzer. Du küsst wie ein Engel und bist hemmungslos im Bett ... und du gibst mir das Gefühl, der glücklichste Mann der Welt zu sein.«

Er lächelte, als sie auf bezaubernde Weise errötete.

»Und du wirst immer noch rot, wenn ich dir Komplimente mache«, fügte er hinzu. »Bitte sag, dass du mit mir kommst. Ich möchte dich allen zeigen. Ich möchte dir zeigen, wie herzlich die SEAL-Gemein-schaft sein kann.«

»Okay«, flüsterte sie.

»Okay«, wiederholte er. »Jane?«

»Ja?«, fragte sie.

»Ich hatte ein wirklich tolles Wochenende. Es hat mir gefallen, mit dir abzuhängen, zu lernen, wie du deinen Kaffee trinkst, dir morgens beim Anziehen zuzusehen ... die letzten achtundvierzig Stunden waren mit die besten in meinem Leben, und das sage ich nicht nur so.«

»Mir geht es genauso«, stimmte sie zu. »Ich kann nicht glauben, dass du das Verhältnis von Milch und Süßstoff für meinen Kaffee richtig eingeschätzt hast, nachdem du mir bei meiner ersten Tasse zugesehen hattest«, stichelte sie. »Ich glaube, mein Ex hat das nie richtig hinbekommen, selbst nach zehn Jahren Ehe nicht.«

»Ich weiß, das geht schnell, aber ich hätte nichts dagegen, wenn du unter der Woche bei mir übernachten würdest«, sagte Storm. Als ihre Augen sich vor Überraschung weiteten, fügte er schnell hinzu: »Ich bitte dich nicht darum, bei mir einzuziehen, dafür ist es noch viel zu früh, aber ich habe dieses Wochenende so gut geschlafen wie schon lange nicht mehr und ich würde es sicher genießen, öfter mit dir zu Abend zu essen und mit dir an meiner Seite aufzuwachen.«

»Es muss *wirklich* lange her sein, dass du Sex hattest«, neckte sie ihn.

Storm nahm es ihr nicht übel. Er hatte sich sogar selbst mit dem Angebot überrascht, und er konnte sich vorstellen, was sie dabei dachte. »Ich will nicht leugnen, dass der Sex mit dir mehr bedeutet als mit jeder anderen, mit der ich je geschlafen habe, aber das wollte ich damit nicht sagen. Es ist nur so ... es hat keinen Reiz mehr, in ein leeres Haus zu kommen. Nicht, nachdem ich die letzten zwei Tage mit dir verbracht, dein Lachen gehört und dir beim Lesen auf meiner Couch zugesehen habe, während ich recherchiert habe. Ich mag es einfach, dich um mich zu haben, und würde gern so viel Zeit wie möglich mit dir verbringen ... außerhalb des Schlafzimmers. Ich sage nicht, dass ich nicht mit dir intim sein will, aber ich bin nicht mehr zweiundzwanzig ... ich brauche und will nicht jede Nacht Sex.«

Storm hielt den Atem an und wartete auf ihre Antwort. »Das würde mir gefallen«, sagte sie leise.

Er strahlte und seine Schultern entspannten sich. Storm hatte gar nicht bemerkt, wie angespannt er gewesen war. »Gut. Dann werden wir es diese Woche tun.«

»Okay.«

»Aber übernachte auf jeden Fall Freitagabend hier. Das SEAL-Treffen ist am Samstag und wir müssen einkaufen gehen, um Wassermelonen zu besorgen, bevor wir dorthin fahren.«

»Werden viele Leute da sein?«, fragte sie zögerlich.

Storm wollte sie nicht verängstigen, aber er würde sie auch nicht anlügen. »Ja, Baby, allerdings. Du weißt, dass viele SEAL-Teams auf dem Stützpunkt sind, und diese Strandparty ist auch für ihre Familien. Ich kann es kaum erwarten, dich Wolf und seinem Team und all ihren Familien vorzustellen, und auch Rocco, seinem Team und den dazugehörigen Familien.«

Jane biss sich wieder auf die Lippe und Storm konnte nicht anders, als sich hinunterzubeugen, um über die Stelle zu lecken, an der sie sich nervös gebissen hatte. »Es wird schon gut gehen. Du schaffst das.«

»Du wirst mich doch nicht einfach verlassen, wenn wir dort ankommen, oder?«, fragte sie nach einem

Moment. »Ich meine, mir ist klar, dass du alle kennen wirst und mit ihnen reden willst, aber ich komme in großen Gruppen nicht gut klar, wenn ich niemanden kenne.«

»Das würde ich nie tun«, erwiderte er aufrichtig. »Aber ich garantiere dir, dass du mehr Leute kennen wirst, als du denkst. Vertrau mir, dass ich dich nicht irgendwo hinbringe und dann im Stich lasse.«

Sie seufzte. »Das tue ich.«

Das tat sie nicht. Noch nicht, aber Storm würde alles tun, was er konnte, um sie zu beruhigen und ihr Vertrauen zu gewinnen. Sie lernten sich gerade erst kennen, und je mehr Zeit sie miteinander verbrachten, desto mehr würde sie merken, dass er nicht ihr Ex war. Dass er sie nicht wie Scheiße behandeln und sich selbst überlassen würde. Das hatte sie viel zu lange ertragen. Obwohl sie mehr als bewiesen hatte, dass sie unabhängig war und nicht zusammenbrach, wenn sie etwas allein machen musste, wollte er ihr zeigen, dass sie nicht mehr allein war. Dass sie sich auf ihn verlassen konnte.

»Fahr vorsichtig«, bat er sie leise. »Schreib mir eine SMS oder ruf mich an, wenn du sicher zu Hause bist, okay?«

»Das werde ich«, versprach sie. Dann lächelte sie. »Es ist schön, wenn sich jemand Sorgen um mich macht. Das ist sehr lange her.«

»Gewöhn dich daran«, warnte Storm sie. »Jetzt mag

es schön sein, aber irgendwann wirst du genervt sein und meine Überfürsorglichkeit satthaben.«

»Das bezweifle ich«, sagte sie. »Ich meine, wenn du das noch nie erlebt hast, fühlt es sich verdammt gut an. Solange du nicht durchdrehst und anfängst, jede meiner Bewegungen wie ein Psycho-Stalker zu verfolgen, ist es für mich in Ordnung, wenn du dich vergewissern willst, dass ich in Sicherheit bin.«

Storm beugte sich vor und küsste sie. Es kam ihm wie eine Ewigkeit vor, seit er seine Lippen auf die ihren gepresst hatte, aber in Wirklichkeit waren es nur etwa zwanzig Minuten gewesen ... kurz bevor sie sein Haus verlassen hatten. Sie öffnete sich sofort für ihn und er liebte es, wie empfänglich sie war.

Widerwillig zog er sich zurück und küsste sie noch einmal auf die Stirn, bevor er zurücktrat und ihr die Tür ihres Wagens öffnete. Er wartete, bis sie saß und den Sicherheitsgurt angelegt hatte, bevor er sich zu ihr hinunterbeugte und sie noch einmal küsste, dieses Mal kurz. »Fahr vorsichtig.«

Jane nickte ihm zu und lächelte, als er ihre Tür schloss. Sie winkte ihm zu und er hob im Gegenzug das Kinn an. Er stand auf dem Parkplatz und beobachtete sie, bis er ihre Rücklichter nicht mehr sehen konnte. Dann atmete er tief durch und drehte sich, um zurück zu seiner Haustür zu gehen.

Storm war etwas überrascht, wie leer sein Haus sich anfühlte, als er es wieder betrat. Er hatte sehr lange allein gelebt, aber nach nur zwei Tagen hatte Jane sein Zuhause mit Lachen und Geselligkeit erfüllt.

Es stimmte, wenn die richtige Person auftauchte ... wusste man es einfach. Jane füllte all die einsamen Löcher in seinem Inneren, die er nicht hatte wahrhaben wollen. Er bereute es nicht, sie gebeten zu haben, mehr Nächte mit ihm zu verbringen. Er konnte sich nichts Schöneres vorstellen, als nach einem langen Arbeitstag zu ihr nach Hause zu kommen. Er brauchte kein Abendessen auf dem Tisch oder das Haus geputzt ... er brauchte sie nur zum Reden. Zum Lachen. Zum Kuscheln.

Am Mittwochnachmittag schaute Jane in einer ihrer Pausen auf ihr Handy und lächelte, als sie sah, dass sie eine SMS von Storm erhalten hatte.

Storm: Es ist jetzt drei Nächte her. Hast du vielleicht Lust, heute Abend vorbeizukommen?

Sie tippte eine kurze, aber herzliche Antwort.

Jane: Ja!

. . .

Seine Reaktion kam fast sofort, so als hätte er darauf gewartet, dass sie ihm zurückschrieb.

Storm: Gott sei Dank. Ich sollte gegen halb sechs Feierabend haben. Du kannst jederzeit nach sechs vorbeikommen.

Jane: Okay. Ich muss nach Hause und meine Sachen holen, aber wenn auf der Arbeit keine Katastrophe passiert, sollte ich um halb sieben da sein.

Storm: Klingt perfekt. Ich fange mit dem Essen an.

Jane: Was gibt es denn?

Storm: Ich bin in der Mittagspause nach Hause gefahren und habe einen Schmorbraten in den Schongarer getan. Ich hoffe, das ist in Ordnung.

Jane: Lecker!

Storm: Du bist leicht zufriedenzustellen.

Jane: Das bin ich eigentlich nicht. Ich bin wählerisch, was meinen Männergeschmack angeht, mag keine Meeresfrüchte und Grünkohl steht auf meiner Ekel-Liste.

*Storm: *Streicht Grünkohl von der Liste für das Abendessen heute.**

Jane: Halt die Klappe.

Storm: :)

Storm: Ich freue mich darauf, dich zu sehen. Es kommt mir vor, als hätte ich dich schon ewig nicht mehr gesehen.

Jane: Du hast mich heute Morgen gesehen, als ich deine Post hochgebracht habe.

Storm: Wie ich schon sagte, ewig.

Jane seufzte zufrieden. Sie hatte eigentlich gedacht, dass Storm bei der Arbeit unnahbar und im Alltag nicht sehr romantisch sein würde, aber sie hatte sich getäuscht. Er beugte sie zwar nicht über seinen Arm und knutschte mit ihr, während sie auf dem Stützpunkt waren, aber er zögerte nicht, sie zu berühren, sie auf die Wange zu küssen und ihr zu zeigen, dass er sich freute, sie zu sehen.

Seine SMS und E-Mails waren süß und etwas kitschig. Und wenn er anrief, zögerte er nie, ihr zu sagen, wie hübsch er sie fand, wie froh er war, mit ihr zu sprechen, und wie sehr er sie vermisste. Der Unterschied zwischen ihm und anderen Männern, mit denen sie ausgegangen war, war wie Tag und Nacht. Es machte die Art, wie sie zusammengekommen waren – sie praktisch nackt, nachdem sie Tränengas abbekommen hatte –, fast wett. Fast.

Jane: Soll ich etwas mitbringen, wenn ich heute Abend vorbeikomme?

Storm: Nur dich.

Jane: Ich meine es ernst. Ich kann auch etwas aus dem Laden mitbringen, wenn es nötig ist.

Storm: Ich meine es ernst. Bring einfach dich selbst mit, Baby.

Jane: Okay. Wir sehen uns später.

Storm: Ich kann es kaum erwarten.

Jane steckte ihr Handy zurück in ihre Tasche. Es war erstaunlich, wie gut sie sich mit Storm fühlte. Es machte ihr Angst, aber gleichzeitig fühlte sie sich um Jahrzehnte jünger. Das hatte sie nicht erwartet. Nicht in ihrem Alter.

Sie atmete tief durch und machte sich mit neuem Elan wieder an die Arbeit. Sie musste dafür sorgen, dass sie heute Abend rechtzeitig mit dem Sortieren der Post fertig war, damit sie nach Hause gehen, packen und zu Storm fahren konnte. Das Zusammensein mit ihm machte ihr klar, wie einsam sie wirklich gewesen war. Sie hatte sich den Arsch aufgerissen, um Rose großzuziehen, und nachdem sie ausgezogen war, hatte Jane viel Zeit und Energie damit verbracht, sich Sorgen um sie zu machen ... wie jede gute Mutter es tun würde.

Aber mit jedem Jahr, das verging, und je näher sie dem Ruhestand kam, wurde Jane klar, dass sie noch viele Jahre ihres Lebens vor sich hatte. Dass sie allein sein würde, wenn sie nicht jemanden fand, mit dem sie ihre goldenen Jahre verbringen konnte. Es hätte ihr gereicht, eine Gruppe von Freundinnen zu finden, aber mit Storm zusammen zu sein war wie ein wahr gewordener Traum. Sie war nervös wegen der Strandparty an diesem Wochenende, aber sie beschloss, die Dinge so zu nehmen, wie sie kamen. Es würde sie nur stressen, sich Sorgen darum zu machen, ob die Leute sie mögen würden.

Da sie wusste, dass sie sich auf die Arbeit konzentrieren und Storm sowie die bevorstehende Nacht aus ihrem Kopf verbannen musste, griff Jane nach einem weiteren Bündel mit Briefen.

Pünktlich um halb sieben klopfte Jane an Storms Tür. Er öffnete sie fast sofort. Er hatte ein breites Grinsen im Gesicht und zog sie in seine Arme, als er die Tür mit dem Fuß schloss.

»Hey«, sagte er.

»Hi«, antwortete sie.

Dann küsste er sie. Ein langer, inniger Kuss, von dem Jane wusste, dass sie nie genug bekommen würde. Als er den Kopf hob, lächelte er noch einmal auf sie herab und strich ihr eine Haarsträhne aus der Stirn. »Verdammt, es ist schön, dich zu sehen. Komm, das Essen ist gleich fertig. Du musst sicher hungrig sein.«

Verwirrt ließ Jane sich von ihm in sein Haus ziehen

und genoss es, wie er ihre Hand festhielt. Das Abendessen roch köstlich, und sie konnte sich nicht erinnern, jemals so verwöhnt worden zu sein. Sie liebte es.

Er nahm ihr die kleine Tasche aus der Hand, stellte sie neben der Treppe ab und ging weiter in Richtung Küche. Innerhalb von zwanzig Minuten saßen sie an einem kleinen Tisch neben der Küche und Storm erzählte ihr von seinem Tag.

»Dag und ich haben heute die Unterlagen durchgesehen und die Liste der Verdächtigen auf etwa fünf eingegrenzt.«

»So viele?«, fragte Jane erstaunt.

»Ja. Es gibt viele gute Männer und Frauen in der Marine, aber es gibt auch einige, die sich nie ganz anpassen. Manchmal sind sie faul und wollen den einfachen Weg gehen. Manchmal machen sie einfach einen dummen Fehler, über den man nicht hinwegsehen und den man nicht vergeben kann. Wir nehmen an, dass es sich bei dem Bombenbauer um jemanden handelt, der aus der Marine entlassen wurde. Vielleicht ist das eine falsche Annahme, aber das glauben wir nicht. Jemand muss so wütend auf Dag sein, dass er ihm die Schuld für das gibt, was ihm passiert ist, und ich glaube nicht, dass er so wütend wäre, wenn er nur eine Disziplinarstrafe bekommen hätte.«

»Was denken die Mitarbeiter der Strafverfolgungsbehörde?«, fragte Jane.

»Sie stimmen zu. Und sie untersuchen so viele

Matrosen wie möglich, die im letzten Jahr aus der Marine geworfen wurden. Sie versuchen herauszufinden, wo sie jetzt sind, und befragen nach Möglichkeit neue Kollegen. Es ist ein langsamer Prozess. Und ich weiß, dass es frustrierend ist. Geht es dir gut?«

»Mir? Ja, warum sollte es mir nicht gut gehen?«, fragte Jane überrascht.

Storm griff nach ihrer Hand und nahm sie in seine. »Du hattest keine Flashbacks oder schlimmen Momente wegen dem, was dir passiert ist?«

Jane zögerte. Sie wollte verneinen und behaupten, dass es ihr gut ginge, aber sie wollte auch nicht lügen. Sie entschied sich für ein Achselzucken. »Nichts Großes.«

Der besorgte Blick auf seinem Gesicht brachte sie zum Schmelzen. »Es tut mir leid, Baby. Ich weiß, dass es nicht viel ist, aber hoffentlich hilft es auf lange Sicht, dass du nicht das Ziel warst.«

»Ich weiß. Deshalb komme ich mir auch so dumm vor wegen der Albträume, die ich hatte. Ich hatte sozusagen nur das Pech, ins Kreuzfeuer zu geraten«, erklärte sie.

»Du musst dir nicht dumm vorkommen«, sagte Storm sofort und nahm ihre Hand in seine. »Was mit dir passiert ist, war traumatisch. Es kam unerwartet, und du wurdest in deinem sicheren Umfeld angegriffen. Darauf darfst du ruhig schlecht reagieren.«

Jane nickte. »Die Träume sind nicht schrecklich.

Normalerweise wache ich auf, wenn die Bombe explodiert. Eine Sekunde lang kann ich nicht atmen, weil ich mich daran erinnere, wie sehr das Tränengas gebrannt hat, aber dann merke ich, dass ich nur träume und in Sicherheit bin.«

»Du *bist* in Sicherheit«, versicherte Storm ihr.

Jane lächelte ihn an. »Danke.«

Er drückte noch einmal ihre Hand und ließ sie dann los, um zu Ende zu essen. Sie sprachen über nichts Wichtiges, bis sie fertig waren, und setzten ihr Gespräch fort, als sie danach auf der Couch saßen. Jane konnte sich nicht erinnern, dass sie jemals mit jemandem so viel über nichts geredet hatte, ohne dass es ihr peinlich war oder sie lange Pausen zwischen den Themen machen musste.

Erst als er gähnte, sah sie auf die Uhr und bemerkte, dass es fast zweiundzwanzig Uhr war. Sie hatten stundenlang geplaudert. »Verdammte Scheiße«, rief sie aus. »Es ist schon spät.«

Storm lachte. »Das ist es. Bist du bereit, nach oben zu gehen?«

Bei ihm klang es so normal. Es war erst das dritte Mal, dass sie die Nacht zusammen verbrachten, und schon fühlte es sich an, als hätten sie es bereits hundertmal getan. »Ja«, sagte sie.

»Ich sehe nur nach, ob hier alles aufgeräumt und abgeschlossen ist. Geh du schon mal hoch. Ich bin in ein paar Minuten da.«

Sie war dankbar, dass er ihr etwas Zeit gab, sich einzurichten. Sie fühlte sich wohl bei ihm, aber noch nicht wohl genug, um sich vor ihm umzuziehen, als hätte sie das jeden Tag in ihrem Leben getan.

Sie nickte und stand auf, aber Storm ergriff ihre Hand, bevor sie losgehen konnte.

»Jane?«

»Ja?«

»Ich mag das. Und zwar sehr. Du bist herzlich eingeladen, hier zu übernachten, so oft du willst. Du kannst auch gern ein paar deiner Sachen hierlassen, um es einfacher zu machen. Shampoo, Nachthemd ... was auch immer.«

Jane starrte Storm einen Moment lang an. »Bist du sicher?«, fragte sie leise. »Ich will mich nicht aufdrängen.«

Storm stand auf und fuhr ihr mit einem Finger über die Wange. »Ich bin mir mehr als sicher. Ich bin wesentlich entspannter und zufriedener, wenn du hier bist.«

Also *das* war ein fantastisches Kompliment.

Er strich mit dem Daumen über ihre Lippen und trat zurück. »Geh schon. Ich bin gleich da.«

Mit einem Nicken schnappte Jane sich ihre Tasche und ging die Treppe hinauf. Als sie sein Schlafzimmer betrat, atmete sie tief ein, da sie es liebte, dass es nach ihm roch. Sie zog sich schnell die Shorts und das T-Shirt an, die sie gern im Bett trug, und machte sich im

Bad fertig. Als Storm die Treppe hinaufkam, saß sie mit ihrem iPad in seinem Bett und las.

Er sah sie und lächelte breit. »Verdammt, ich liebe es, dich dort zu sehen«, murmelte er, dann machte er sich auf den Weg ins Bad. Ein paar Minuten später kam er wieder heraus, nur mit Boxershorts bekleidet. Er schaltete das Deckenlicht aus und legte sich neben sie.

»Stört es dich, wenn ich lese?«, fragte sie.

»Nein«, sagte Storm sofort. »Stört es dich, dass ich das Licht im Bad angelassen habe? Ich bin kein Fan von stockdunklen Räumen. Ich war einmal in Gefangenschaft und seitdem mag ich die Dunkelheit nicht mehr.«

»Natürlich nicht«, antwortete sie und fühlte, wie ihr das Herz für ihn brach. Selbst wenn er alle Lichter im Zimmer anlassen wollte, würde sie sich nicht beschweren. Wie könnte sie auch, nach dem, was er durchgemacht hatte?

»Danke.« Dann schüttelte er sein Kissen auf, rutschte näher heran, drehte sich auf die Seite und legte einen Arm über ihren Unterbauch.

Jane saß einige Minuten lang neben ihm und tat so, als würde sie lesen, bevor sie dachte, dass er eingeschlafen war. Sie schaute zu ihm hinüber. Seine Augen waren geschlossen, sein Mund war teilweise geöffnet und er atmete tief. Sie konnte die Haare auf seiner nackten Brust sehen und wie seine Armmuskeln sich anspannten, obwohl er völlig entspannt war. Kurz gesagt, Storm war einfach schön, und es fiel Jane schwer, sich mit der Tatsache abzufinden, dass sie in seinem Bett lag. Dass er einen Arm um sie gelegt hatte und sie an sich drückte, als hätte er Angst, sie würde sich davonschleichen, während er schlief.

Jane liebte es zu lesen und schlief meistens lesend ein. Aber heute Abend musste sie sich nicht in den Worten ihrer Lieblingsautorin verlieren. Sie lebte ihre eigene schöne Romanze und hatte keine Ahnung, wie sie dorthin gelangt war.

Storm wollte, dass sie öfter bei ihm übernachtete? Er wollte, dass sie einige ihrer Sachen in seiner Wohnung ließ? Scheiße ja. Damit war sie hundertprozentig einverstanden.

Sie legte ihr iPad auf den Nachttisch neben sich und rutschte im Bett nach unten.

»Alles in Ordnung?«, murmelte Storm, und Janes Herz schmolz noch mehr dahin. Selbst im Halbschlaf machte er sich Sorgen um sie.

»Mir geht es gut. Geh wieder schlafen«, sagte sie sanft zu ihm.

Storm drehte sich auf den Rücken, zog sie aber zu sich heran. Jane ließ den Kopf auf seiner Schulter ruhen und er legte einen Arm um sie. Sie kuschelte sich an ihn und wurde mit einem zufriedenen Seufzen belohnt. Ihr Arm ruhte auf seinem Bauch, und seine freie Hand lag heiß und schwer auf ihrem Unterarm.

Sie waren aneinandergekuschelt – und sie hatte sich noch nie so wohlgefühlt.

»Hoffentlich hast du keine Albträume, wenn du in meinen Armen schläfst, aber falls doch, bin ich für dich da«, sagte er leise zu ihr, drehte sich und küsste sie auf die Stirn. Jane hätte schwören können, dass er Sekunden später schnarchte, aber es war egal, ob er sich dessen bewusst war, was er gesagt hatte oder nicht. Sie würde seine liebevollen Worte und Taten immer in Erinnerung behalten.

Sie hatte das Gefühl, dass Storm sie gerade dafür ruiniert hatte, allein in ihrem Doppelbett zu schlafen. Jane schloss die Augen und seufzte zufrieden. Innerhalb weniger Sekunden schlief sie tief und fest.

Storm wachte am nächsten Morgen als Erster auf und brauchte nur ein oder zwei Sekunden, um sich daran zu erinnern, dass Jane über Nacht geblieben war. Das Licht aus dem Badezimmer beleuchtete den Raum so weit, dass er sie sehen konnte. Sie schlief gerade auf der Seite neben ihm. Er erinnerte sich daran, dass er sie am Abend zuvor in seine Arme gezogen hatte, aber offensichtlich hatten sie sich im Laufe der Nacht beide umgedreht. Aber was sein Herz schneller schlagen ließ, war die Tatsache, dass sie, während sie neben ihm lag, im Schlaf eine Hand ausstreckte, um ihn zu berühren. Ihre Hand ruhte auf seinem Unterarm und das leichte Gewicht fühlte sich wie ein Brandzeichen an. Eines, das er verdammt gern hatte.

Wie lange er dort lag und Jane beim Schlafen zusah, wusste Storm nicht. Draußen war es noch dunkel, aber seine innere Uhr sagte ihm, dass sein Wecker bald klingeln würde. Sie mussten beide zur Arbeit, aber er wusste, dass er diesen Moment noch lange in Ehren halten würde. Er hoffte, dass er den Frieden und die Gelassenheit, die er durch Jane an seiner Seite empfand, niemals für selbstverständlich halten würde. Er war in ihrer Nähe nicht ängstlich, er sorgte sich lediglich um ihre Sicherheit.

Als der Wecker klingelte, streckte Storm eine Hand aus, um ihn abzuschalten, und drehte sich dann zu Jane um. Ihre Augen waren jetzt offen und sie starrte ihn an.

»Guten Morgen«, sagte er leise.

»Morgen«, erwiderte sie.

Er liebte die Schläfrigkeit, die er in ihren braunen Augen sah. Es hätte ihm nichts ausgemacht, sie für den Rest seines Lebens jeden Morgen zu sehen ...

Dieser Gedanke hätte ihn eigentlich erschrecken müssen, aber stattdessen fühlte es sich einfach richtig an.

»Hast du gut geschlafen?«, fragte er.

»So gut wie seit Langem nicht mehr ... das letzte Wochenende nicht mitgerechnet.«

Storm lächelte. »Willst du zuerst duschen?«, fragte er.

»Ja. Du brauchst zwei bis drei Sekunden zum Duschen und ich brauche länger, um mich fertig zu machen«, sagte Jane ohne jegliche Hitze in ihrem Tonfall.

Das stimmte. Er hatte gelernt, sehr kurz zu duschen, und konnte es sich nicht abgewöhnen. »Ich gehe runter und mache den Kaffee, während du duschst. Willst du Toast?«

»Bitte«, sagte sie.

Als er anfing, sich aus dem Bett zu rollen, packte sie seinen Arm fester. »Storm?«

Er drehte sich wieder zu ihr um. »Ja, Baby?«

»War das gestern Abend dein Ernst?«

»Was?«

»Dass ich öfter bei dir übernachten soll?«

»Hundertprozentig«, antwortete er.

»Gut. Denn ich denke, es gibt nichts, was ich lieber täte, als in deinen Armen einzuschlafen und aufzuwachen und zu sehen, wie du mich anlächelst. Ich habe das Gefühl, dass ich mein ganzes Leben auf dich gewartet habe.«

Storm meinte zu spüren, wie sein Herz auf das Dreifache seiner normalen Größe anschwoll ... so wie das des Grinchs in der berühmten Geschichte. Er beugte sich vor und küsste Jane auf die Lippen. Er drängte nicht darauf, den Kuss zu vertiefen, sondern ließ sie wissen, dass ihre Worte ihm viel bedeuteten. »Mir geht es genauso«, sagte er leise.

Bevor er etwas tun konnte, wegen dem sie beide zu spät zur Arbeit kommen würden, stieg er aus dem Bett und machte sich auf den Weg ins Badezimmer. Nach einem kurzen Zwischenstopp und dem Anziehen einer Baumwollhose ging er zur Tür. Als er sich umdrehte, sah er Jane auf das Bad zugehen. Die Shorts, die sie trug, waren hochgerutscht, wodurch er den unteren Teil ihrer runden Pobacken sehen konnte. Und einfach so wurde er hart.

Leise stöhnend zwang Storm sich, das Schlafzimmer zu verlassen und in die Küche zu gehen. Er hatte noch nie mit einer Frau zusammengelebt, kein einziges Mal in seinen siebenundvierzig Jahren, aber im Moment sah er definitiv den Reiz. Aber nur, weil es Jane war. Er wusste, dass sie dachte, sie sei nicht dünn genug, habe nicht den richtigen Job ... aber für ihn war sie perfekt.

Heute Morgen hatten sie keine Zeit für Sex, aber am Freitagabend war alles möglich. Er konnte es nicht erwarten.

***

Jane verließ zusammen mit Storm sein Haus und ging in Richtung des Parkplatzes.

»Wir sollten einfach zusammen zum Stützpunkt fahren«, schlug er vor.

Jane schüttelte den Kopf. »Ich bin gern mit dir zusammen, aber ich brauche meinen Wagen«, erwiderte sie. »Manchmal mache ich in meiner Mittagspause Besorgungen und ich weiß, dass du auch manchmal den Stützpunkt verlassen musst. Da ist es praktischer, getrennt zu fahren.«

Sie fand es süß, wie Storms Miene sich verfinsterte. »Ich weiß, dass du recht hast, aber ich fühle mich um deine Anwesenheit betrogen, selbst wenn es nur zehn Minuten zum Stützpunkt sind.«

Jane lachte. »Ich denke, wir werden es überleben.«

Er legte ihr eine Hand auf den Arm und drehte sie zu sich um. »Was hast du mit mir gemacht?«, fragte er.

»Dasselbe, was du mit mir gemacht hast«, gab sie zurück.

»Ich meine es ernst. Vor zwei Wochen konnte ich an nichts anderes denken als an die Arbeit. Sie war mein Lebensinhalt und ich habe mich davor gefürchtet, nach Hause zu kommen. Jetzt denke ich den ganzen Tag über an dich. Wenn mein Handy mit einer SMS vibriert, denke ich immer, dass sie von dir sein könnte, und bin aufgeregt. Ich habe mir überlegt, wie ich mit Rezepten experimentieren kann, um etwas zu machen, das dir gefallen könnte. Ich schwöre ... ich habe nicht wirklich gelebt, bis ich dich getroffen habe.«

Verdammt. Das war das beste Kompliment, das Jane je bekommen hatte. »Mir geht es auch so«, sagte sie.

Storm holte tief Luft. »Okay, du hast recht. Es ist besser, wenn wir beide unser jeweils eigenes Transportmittel haben, aber das heißt nicht, dass es mir gefällt.«

Sie lachte.

»Ich werde dir folgen. Pass auf dich auf.«

»Das werde ich«, versprach sie ihm.

Draußen war es noch dunkel, da die Sonne noch nicht ganz aufgegangen war. Es hatte sie schon immer gewundert, dass es im einen Moment dunkel und im nächsten hell sein konnte. Die Sonne schien in den Himmel zu sprinten, sobald sie endlich aufwachte.

Storm beugte sich vor und küsste sie. Es war ein langer, inniger Kuss, bei dem Janes Zehen sich in ihren Schuhen krümmten. »Ich bringe dich rein, wenn wir an unserem Gebäude angekommen sind.«

»Okay«, stimmte sie zu.

Er küsste sie erneut, diesmal nur kurz, aber nicht weniger intensiv, dann drehte er sich um und ging zu seinem Wagen.

Jane schloss ihren zuverlässigen Camry auf und stieg ein. Sie stellte ihre Übernachtungstasche auf den Beifahrersitz, die nun um einiges leichter war, da sie ihre Toilettenartikel, ihre Schlafklamotten und ihre gestrige Kleidung in Storms Haus zurückgelassen hatte. Es hatte sich wie ein großer Schritt angefühlt und sie konnte nicht anders, als vor seinem Kleiderschrank zu stehen und ihre Sachen gemischt mit seinen im Wäschekorb zu betrachten. Ja, sie waren schnell vorgegangen, aber die Dinge zwischen ihnen fühlten sich richtig an. Sie war nicht mehr in ihren Zwanzigern. Sie wusste, was sie wollte – und was sie wollte, war Storm.

Lächelnd ließ sie den Motor an und fuhr auf die Ausfahrt zu. Als sie in den Rückspiegel schaute, sah sie die Scheinwerfer von Storms VW Golf hinter ihr. Obwohl es noch früh war und sie einen langen Tag vor sich hatte, hatte Jane sich noch nie so wach und energiegeladen gefühlt wie in diesem Moment.

KAPITEL NEUN

Jane ging nervös neben Storm her, als sie sich am folgenden Samstag auf den Weg zum Strand machten. Sie waren spät dran, aber Jane war nicht so besorgt, wie sie es vielleicht hätte sein können. Storm hatte sie in der Nacht zuvor weit über ihre Schlafenszeit hinaus wach gehalten, und sie hatte sich nicht beschwert.

Er hatte ihren Körper verehrt und ihr zwei überwältigende Orgasmen beschert, bevor er sie aufgefordert hatte, auf Hände und Knie zu gehen. Er hatte ihr mit den Händen über den Hintern gestrichen und ihr erzählt, dass er schon lange davon geträumt hatte, sie von hinten zu nehmen, bevor er genau das tat.

Jane hatte schon einmal Sex in dieser Position gehabt, aber sie hatte sich dabei immer unwohl gefühlt. Sie wusste, dass ihr Hintern groß war. Egal wie angestrengt sie sich bemühte abzunehmen – was nicht sehr angestrengt war, wenn sie ehrlich war –, sie hatte es nie geschafft, Gewicht an ihrem Hintern zu verlieren. Aber letzte Nacht hatte Storm ihr das Versprechen abgenommen, niemals ihren Po zu verlieren, weil er ihn zu sehr liebte.

Er hatte sie hart und schnell genommen und sie sogar einmal auf die Ellbogen gedrückt, als er ihren Hintern anbetete, während er sie fickte. Sie hatte sich begehrter gefühlt als erwartet, während sie von hinten genommen wurde. Storm ließ sie nicht eine Sekunde lang glauben, dass er nicht wusste, dass er *sie* fickte. Er sagte oft ihren Namen und ermutigte sie, so oft wie möglich zu ihm zurückzuschauen. Kurz gesagt, er war absolut perfekt, und sie hatten beide wie ein Stein geschlafen, waren spät aufgestanden und hatten sich nicht darum geschert.

Aber je näher sie dem Strand kamen und je mehr Leute Jane sah, desto mehr bereute sie es, zu spät gekommen zu sein. Sobald sie den Strand betraten, wurden die Köpfe nach ihnen umgedreht und das vertraute Gefühl überwältigender Schüchternheit überkam sie.

Unbewusst verlangsamten ihre Schritte sich ein wenig und sie überlegte sich Ausreden, um früher gehen zu können.

»Ganz ruhig, Baby«, sagte Storm sanft zu ihr. »Es ist alles in Ordnung.«

Verdammt, sie dachte, sie hätte ihren Widerwillen

versteckt.

Es waren seine Leute. Seine SEALs. Sie hob das Kinn, setzte eine tapfere Miene auf und schwor sich, alles zu tun, um den Mann neben ihr nicht in Verlegenheit zu bringen.

»Das ist mein Mädchen«, murmelte er.

Und schon dieses kleine Lob sorgte dafür, dass sie sich besser fühlte.

Storm führte sie zu Konteradmiral Dag Creasy hinüber. Nur sah er ganz anders aus, als sie ihn sonst kannte. Statt seiner Uniform trug er eine Badehose und ein Trägerhemd. Jane wusste, dass er nur ein paar Jahre älter war als sie, aber er war immer noch sehr gut in Form.

»Wird auch Zeit, dass du kommst«, neckte Dag Storm.

Der Mann an ihrer Seite verkrampfte sich nicht einmal. Er zuckte nur mit den Schultern. »Hey, du bist doch derjenige, der mir immer sagt, dass ich mich mehr entspannen soll. Also habe ich mich heute Morgen entspannt und ausgeschlafen. Man kann nicht beides haben.«

Der Konteradmiral lachte. »Stimmt.« Er drehte sich zu Jane um. »Schön, dich wiederzusehen, Jane – wenn ich Du sagen darf. Wie geht es dir?«

»Mir geht es gut, Sir«, antwortete sie.

»Heute mal kein Sir«, sagte er sofort. »Nenn mich Dag.«

»Ja, Sir ... äh ... Dag«, entgegnete Jane unbeholfen.

Die hübsche Frau an seiner Seite grinste und streckte ihr eine Hand entgegen. »Hallo. Ich bin Brenae, Dags Frau. Freut mich, dich kennenzulernen.«

»Ich bin Jane«, sagte sie.

»Tut mir leid, ich hätte euch einander vorstellen sollen«, warf Storm ein und drückte Janes Hand, die er immer noch hielt. »Jane arbeitet in unserem Gebäude und ist für die Post zuständig. Sie organisiert den ganzen Scheiß, der uns geschickt wird, und ich glaube nicht, dass der Betrieb auf dem Stützpunkt ohne sie so reibungslos laufen würde.«

Jane errötete. »Er übertreibt«, sagte sie zu Brenae.

»Das bezweifle ich«, erwiderte die Frau des Konteradmirals. »Ich kenne Storm, und er macht niemandem leichtfertig Komplimente. Wenn er es gesagt hat, glaubt er es auch.« Sie ließ den Blick zu ihren verschränkten Händen wandern und lächelte. »Willkommen in der Familie«, sagte sie leichthin.

»Oh, aber –«

»Danke.« Storm unterbrach Janes Worte.

»Ich habe Rocco und die anderen dort drüben gesehen, und Wolf und sein Team haben das beste Stück Strand neben ihnen in Beschlag genommen«, sagte Dag. »Sie haben vorhin alle nach dir gefragt. Du könntest schon mal die Begrüßung hinter dich bringen, bevor du Jane etwas zu trinken holst.«

»Klingt gut.«

»Oh, und ich weiß, es ist Samstag und so … aber ich wollte dir sagen, dass gestern Abend jemand von der Strafverfolgungsbehörde angerufen hat. Sie glauben zu wissen, wer die Bombe geschickt hat.«

»Wirklich?«, fragte Storm. »Wer?«

»Leutnant Simon Sandburg.«

Jane sah zu Storm auf, doch er schien den Namen nicht zu erkennen. Dag bemerkte offensichtlich das Gleiche, denn er sprach weiter.

»Er war ein Leutnant, der wegen Unterschlagung von Regierungseigentum vor das Kriegsgericht gestellt wurde.«

»Richtig«, murmelte Storm nickend. »Ich erinnere mich an den Fall. Er war der Verantwortliche für das schwere Gerät, ließ seine Einheit für die Einheimischen arbeiten und steckte das Geld ein, nicht wahr?«

»Das ist er. Als er in die USA zurückkehrte, konnte er über mehrere schwere Lastwagen keine Rechenschaft ablegen. Die Strafverfolgungsbehörde überwachte seine Konten und stellte mehrere nicht identifizierte Einzahlungen fest, aber er weigerte sich, den Beamten zu sagen, woher er das Geld hatte«, erklärte Dag. »Er wurde vor sechs Monaten vors Kriegsgericht gestellt und ist immer noch in der Gegend. Er war nicht zimperlich, wenn es darum ging, jedem, der ihm zuhörte, mitzuteilen, dass er verarscht wurde und die wirklichen Leute, die bestraft werden sollten, die Kommandanten des Stützpunktes seien.«

»Sie wurden entlastet, richtig?«, fragte Storm.

»Jup. Völlig sauber. Sandburg war verdammt schuldig und ist anscheinend nur verbittert, dass er unehrenhaft entlassen wurde. Seitdem er rausgeschmissen wurde, hat er keinen Job gefunden und verbringt angeblich viel Zeit in den örtlichen Kneipen, um seinen Kummer zu ertränken. Das Schlimme an der Sache ist, dass er eine Frau hat, die sich den Arsch aufreißt, um die beiden über Wasser zu halten, aber es reicht nicht aus. Laut der Strafverfolgungsbehörde werden sie in ein paar Monaten ihr Haus verlieren.«

Storm pfiff. »Klingt, als hätte er ein Hühnchen zu rupfen.«

»Ja. Wie auch immer, ich wollte nur, dass du es weißt. Die Strafverfolgungsbehörde und die örtliche Polizei werden dieses Wochenende mit ihm sprechen.« Dag sah Jane an. »Du wirst also nicht mehr lange über deine Schulter schauen müssen.«

»Gut«, sagte Jane zu ihm. Sie wollte nicht zugeben, dass sie sich eigentlich keine großen Sorgen gemacht hatte. Sie hatte es immer im Hinterkopf, besonders seit Storm sie gebeten hatte, auf der Hut zu sein, aber sie hatte nie ernsthaft gedacht, dass jemand hinter ihr her sein könnte. Sie hatte nichts mit Sandburgs Entlassung zu tun, also gab es keinen Grund für ihn, es auf sie abgesehen zu haben.

»Ich liebe dich, Dag, aber ... es reicht. Wir sind hier,

um uns zu entspannen und Spaß zu haben, nicht um zu fachsimpeln«, schimpfte Brenae leise.

»Tut mir leid, mein Schatz. Du hast ja recht. Wir reden später«, sagte Dag zu Storm.

Storm nickte dem Konteradmiral zu, dann zog er Jane weg.

»Es war schön, dich kennenzulernen, Brenae«, rief sie, als Storm sie zu seinen Männern führte.

»Gleichfalls«, erwiderte die andere Frau lächelnd und winkte. »Viel Spaß!«

Storm ließ ihr keine Zeit, sich Gedanken über das Treffen mit seinen Männern zu machen. In der einen Sekunde gingen sie den Strand entlang in ihre Richtung und in der nächsten waren sie umzingelt.

»Hey, Sir!«

»Schön, Sie zu sehen, Admiral!«

»Sie sind spät dran!«

Die Begrüßungen kamen schnell und heftig, und Jane konnte sich ein Lächeln nicht verkneifen. Die Männer schienen bodenständig zu sein, und es gefiel ihr, dass sie nicht zögerten, ihrem befehlshabenden Offizier die Hölle heißzumachen. Sie hatte die Erfahrung gemacht, dass der Chef umso besser war, je entspannter die Leute außerhalb des Arbeitsplatzes in seiner Nähe waren.

»Ja, ja, ja«, sagte Storm zu seinen Männern. »Nichts für ungut, aber ich würde lieber hier abhängen und Jane anstarren als eure hässlichen Visagen.«

Alle brachen in Gelächter aus. Jane wusste, dass sie rot wurde, aber sie konnte sich ihr breites Grinsen nicht verkneifen.

»Leute, das ist Jane. Ich denke, die meisten von euch haben sie schon auf dem Stützpunkt gesehen. Jane, das sind Rocco, Gumby, Ace, Bubba, Rex und Phantom. Sie sind ein verdammt gutes SEAL-Team, auch wenn sie ein wenig ungehobelt sind.«

»Schön, dich kennenzulernen«, sagte Rocco und hielt ihr die Hand hin.

Jane schüttelte sie. »Dich auch«, erwiderte sie. Dann tat sie dasselbe mit den anderen fünf Männern. Als Phantom an der Reihe war, hielt er ihre Hand ein wenig länger als nötig. Jane hatte das Gefühl, dass er sie prüfte, während sie einander ansahen. Schließlich nickte er und ließ ihre Hand los. Sie hatte keine Ahnung, wonach er gesucht hatte, aber hoffentlich war er nicht zu enttäuscht von dem, was er gefunden hatte.

»Ich habe schon viel von dir gehört, Phantom«, sagte sie zu dem extrem großen Mann. »Nur Gutes«, stellte sie schnell klar.

»Dann hat derjenige, mit dem du gesprochen hast, gelogen«, entgegnete er ruhig. Seine Freunde lachten alle, aber Jane lächelte nicht einmal.

Sie schüttelte den Kopf. »Nein. Ich weiß, dass du den Ruf hast, extrem schroff zu sein, aber jeder, der das getan hat, was du getan hast ... dein eigenes Leben und deine Karriere riskieren, um jemanden zu retten, der dringend einen Helden brauchte, ist jemand, auf den zu kennen ich stolz bin.«

Jane spürte, wie Storm ihre Hand drückte, aber sie wendete den Blick nicht von Phantom ab.

Er starrte sie noch einen Moment lang an, bevor er nickte und Storm ansah. »Sie wird reichen«, sagte er, drehte sich um und ging auf eine rothaarige Frau hinter ihm zu.

»Das ist ein großes Lob, wenn es von Phantom kommt«, erklärte Rocco ihr. »Wir haben dich alle schon gesehen und wissen deine Effizienz zu schätzen. Ich erinnere mich an einmal, als ich in die Poststelle gerufen wurde, weil ich ein sehr wichtiges Paket erwartete und niemand zu wissen schien, wo zum Teufel es war, obwohl die Sendungsverfolgung zeigte, dass es an den Stützpunkt geliefert worden war. Du hast dir persönlich die Zeit genommen, es aufzuspüren. Es war an das falsche Büro geliefert worden, und die Sekretärin dort war neu und zu sehr damit beschäftigt, alles andere über ihren Job zu lernen, um sich darum zu kümmern. Ich weiß es zu schätzen, dass du dir die Mühe gemacht hast, es zu finden.«

Jane nickte. Sie erinnerte sich nicht an den konkreten Vorfall, von dem Rocco sprach. Sie verbrachte viel Zeit damit, verlegte Briefe und Pakete zu suchen. »Ich bin froh, dass ich es für dich finden konnte«, antwortete sie.

In diesem Moment rannte ein kleines Mädchen auf

Ace zu und umarmte ihn an der Taille. »Komm spielen, Daddy!«, flehte sie. Ace hob sie von den Füßen und drehte sie auf den Kopf. Das Mädchen kreischte. »Du willst spielen, Rani?«, fragte er. Dann schenkte er Jane ein Lächeln und ging auf zwei andere Mädchen zu, die mehr als bereit aussahen, mit ihrem Vater zu spielen. Eine blonde Frau, von der Jane annahm, dass sie seine Frau war, schüttelte nur den Kopf über seine Mätzchen.

Einer nach dem anderen sagten die anderen Männer aus Roccos Team, dass sie sich freuten, sie kennenzulernen, und gingen dann zurück zu ihren Frauen und Familien. Wäre Jane allein zur Strandparty gestoßen, hätte sie niemals gedacht, dass sie es mit tödlichen SEALs zu tun hatte.

»Bist du bereit, mein anderes Team kennenzulernen?«, fragte Storm.

Jane nahm einen tiefen Atemzug. »Los geht's«, murmelte sie.

Storm lachte und beugte sich zu ihr hinunter, um sie auf die Wange zu küssen. »Wenn du mich fragst ... sie mögen dich.«

Jane verdrehte die Augen.

»Was? Das tun sie«, sagte er mit Nachdruck.

»Storm, du bist ihr Chef. Sie würden es sich nicht anmerken lassen, wenn sie mich nicht mögen. Und mich nur zwei Sekunden lang zu sehen reicht nicht aus, um zu wissen, ob sie mich mögen oder nicht.«

»Falsch«, widersprach Storm sofort. »Das sind keine Männer, die Dummheiten dulden. Ich habe vor Jahren den Fehler gemacht, eine Frau, mit der ich locker zusammen war, zu einem dieser Treffen mitzubringen, und es wurde mir mehr als deutlich gezeigt, dass niemand der Meinung war, sie sei gut genug für mich.«

»Wie?«, fragte Jane.

Storm zuckte mit den Schultern. »Kleinigkeiten. Sie haben ihr nicht die Hand geschüttelt. Sie haben sich nicht auf Small Talk eingelassen. Sie haben mit mir geredet, als sei sie nicht da. Sie waren eigentlich ziemlich unhöflich, aber sie machten ihren Standpunkt klar. Du siehst also, Baby, sie sind mehr als einverstanden mit dir.«

»Was also machen *wir*?«, fragte sie.

»Was meinst du?«, fragte er stirnrunzelnd.

»Du sagtest, du hättest eine Frau mitgebracht, mit der du zwanglos zusammen warst. Ist es das, was wir tun?« Sie hasste es, sich unsicher zu fühlen, aber sie konnte nicht anders.

»Nein«, erwiderte er mit Nachdruck, »wir machen nichts zwanglos. Wenn es so wäre, würdest du nicht so oft in meinem Bett aufwachen, wie du es tust. Ich kann an einer Hand abzählen, mit wie vielen Frauen ich die ganze Nacht verbracht habe.«

Sie starrte ihn ungläubig an. »Wirklich?«

»Wirklich«, bestätigte er. »Bist du jetzt bereit, Wolf

und die anderen zu treffen?«

Sie nickte, während sie sich gleichzeitig gescholten und besonders fühlte.

Das Treffen mit dem zweiten SEAL-Team verlief ähnlich wie das mit Rocco und den anderen. Die Männer waren höflich und ihre Frauen waren äußerst freundlich und offen. Ihre Kinder waren gut erzogen und alle schienen sich zu freuen, sie kennenzulernen.

Danach entspannte Jane sich zum ersten Mal, froh darüber, dass die Vorstellungsrunde vorbei war und sie den Tag mit Storm an ihrer Seite genießen konnte.

Sie blieben drei Stunden lang, lachten miteinander und Jane gesellte sich sogar zu einigen der Frauen, als sie mit den Kindern eine Eistütenpause machten.

Alles in allem war es ein fantastischer Tag gewesen. Jane hätte nicht überrascht sein sollen, wie viele Leute sie kannten, aber sie war es trotzdem. Sie arbeitete schon sehr lange auf dem Stützpunkt und offenbar hatten ihre harte Arbeit und ihre Liebe zum Detail mehr bewirkt, als ihr bewusst gewesen war.

Sie waren auf dem Weg nach Hause, und Storm hielt wie immer ihre Hand. Er schaute sie an. »Du siehst ... zufrieden aus.«

»Das bin ich«, antwortete sie sofort.

»Alle lieben dich. Nicht dass ich daran gezweifelt hätte.«

»Ich habe es sehr genossen, alle kennenzulernen, mit denen du arbeitest. Jetzt verstehe ich, warum du so hart daran arbeitest, so viele Informationen wie möglich zu bekommen, bevor sie zu Missionen aufbrechen.«

Storm nickte ernst. »Sie sind gute Männer. Sehr gute Männer. Und ich würde es mir nie verzeihen, wenn ich sie in einen Haufen Scheiße schicken und jemand dabei dauerhaften Schaden oder gar den Tod erleiden würde. Du hast heute ihre Frauen und Familien gesehen. Ich möchte niemanden seines Ehemannes oder Vaters berauben.«

»Es gab noch andere Teams, die heute nicht hier waren, richtig?«, fragte sie.

Storm nickte. »Ja. Wolf und seine Jungs gehen nicht mehr auf aktive Missionen. Sie bleiben hier und helfen bei der Ausbildung der neueren Teams und beim Trainingscamp. Aber ich habe zwei andere Teams, mit denen ich zusammenarbeite, die heute nicht kommen konnten. Eines ist in der Ausbildung und die anderen Jungs sind vorübergehend in Hawaii im Einsatz.«

»Das klingt gar nicht so schlecht«, sagte Jane lächelnd.

»Oh, Hawaii ist schön, aber das Team, mit dem sie zusammenarbeiten, hat großen Spaß daran, jeden plattzumachen, der zum Training kommt. In Hawaii ist es viel schwüler als hier in Südkalifornien, und obwohl meine Jungs sich an alles anpassen können, fordert es seinen Tribut.« Storm lachte.

»Du hast sie kennengelernt?«, fragte Jane, die sehr neugierig auf jeden war, mit dem Storm arbeitete.

»Ich habe ihren Teamleiter Mustang kennengelernt. Er kam zu Phantoms Disziplinarverfahren. Er war ein Zeuge und hat ihn hundertprozentig unterstützt.«

»Wow, er kennt Phantom?«, fragte Jane.

»Die SEAL-Gemeinschaft ist klein und steht sich sehr nahe. Und Phantom und Kalee haben einige Zeit mit Mustang und seinem Team verbracht, als sie in Hawaii waren.«

Jane nickte. Sie hatte die Geschichte gehört, wie Phantom Kalee nach Hawaii gebracht hatte, damit sie sich wieder an das Leben gewöhnen konnte, nachdem sie in Timor-Leste von den Rebellen gefangen gehalten und durch ihn gerettet worden war.

»Mustang, Midas, Aleck, Pid, Jag und Slate sind gute Männer.«

»Ich glaube, das würdest du über alle SEAL-Teams sagen«, neckte Jane.

»Eigentlich nicht«, antwortete Storm ernst. »Ich meine, sie sind alle technisch versiert, aber manche Teams arbeiten einfach besser zusammen als andere. Bei manchen Männern macht es klick und sie funktionieren wie eine gut geölte Maschine.«

»Ja, ich hatte auch schon solche Mitarbeiter.«

Storm lächelte zu ihr hinüber. »Ich freue mich,

dass du heute Spaß hattest. Du scheinst dich gut mit den Frauen verstanden zu haben.«

»Ja. Sie waren alle sehr einladend und offen. Ich weiß aber, das lag daran, dass ich mit dir dort war.«

»Nein. Das lag daran, dass sie einfach so sind«, erwiderte Storm. »Und weil du angenehme Gesellschaft bist. Das habe ich von Anfang an gespürt. Du bist beruhigend, und wenn ich in deiner Nähe bin, fühle ich mich entspannter.«

Jane wusste nicht, was sie darauf antworten sollte, also lächelte sie ihn einfach an.

»Du hast heute ein bisschen Sonne abbekommen«, sagte er. »Was hältst du von Bädern?«

»Ich liebe sie. Warum?«

»Weil ich dachte, ich lasse dir eins ein, wenn wir zu Hause sind. Du kannst dich entspannen und baden, während ich uns etwas Leichtes zu essen mache. Dann könnten wir uns einen der vielen Filme ansehen, die in meinem Regal verstauben.«

»Das würde mir gefallen«, sagte Jane. So sehr sie es auch genoss, mit ihm zu schlafen, sie war nicht mehr so jung wie früher und müde, weil sie den ganzen Tag in der Sonne gewesen war und den Nachmittag unter vielen Menschen verbracht hatte. Ein ruhiger Abend, an dem sie mit ihrem Mann vor dem Fernseher kuscheln konnte, klang perfekt. »Aber du musst nicht immer für mich kochen«, protestierte sie.

»Ich genieße es«, antwortete er ehrlich. »Für mich

selbst zu kochen ist langweilig und wird alt. Ich liebe es, dich zu verwöhnen.«

»Es liegt mir fern zu protestieren«, sagte sie, dann wechselte sie das Thema. »Glaubst du, Dag macht sich Sorgen wegen dieses Sandburg?« Sie hatte den ganzen Tag darüber nachgedacht, was er gesagt hatte, und es beunruhigte sie, dass Dag immer noch in Gefahr sein könnte.

Storm schüttelte den Kopf. »Nein. Jetzt, da die Strafverfolgungsbehörde ihn auf dem Radar hat, wird er nicht mehr lange eine Bedrohung sein. Ich bin mir sicher, dass am Montag alles geklärt sein wird und wir uns alle entspannen können.«

»Bis zu der nächsten Person, die glaubt, dass sie sich durch Gewalt besser fühlt oder ihre Probleme lösen kann«, murmelte Jane.

»Stimmt. Aber wie wäre es, wenn wir heute Abend und den Rest des Wochenendes nicht an die Arbeit denken und stattdessen unsere gemeinsame Zeit genießen?«

»Abgemacht«, erwiderte Jane sofort.

»Mach nur die Augen zu, es dauert noch etwa eine halbe Stunde, bis wir durch den Verkehr durch sind und nach Hause kommen.«

Nach Hause. Das hörte sich für Jane besser an, als es das nach der kurzen Zeit ihrer Beziehung mit Storm der Fall sein sollte. Aber sie nickte nur und legte den Kopf an die Stütze ihres Sitzes.

KAPITEL ZEHN

Als der Montagmorgen anbrach, war Storm zu neunundneunzig Prozent sicher, dass er den Rest seines Lebens mit Jane verbringen wollte. Das Wochenende war perfekt gewesen. Sie passten so gut zusammen und es fühlte sich an, als hätten sie sich schon ihr ganzes Leben lang gekannt.

Normalerweise war Storm an diesem Punkt in einer Beziehung unruhig und konnte es kaum erwarten, wieder in seine alte Routine des Alleinseins zurückzukehren. Aber er konnte sich nicht vorstellen, auch nur einen Tag zu verbringen, ohne mit Jane zu reden oder mit ihr zusammen zu sein. Er hatte sein ganzes Leben lang nach ihr gesucht, aber er hatte es nicht gewusst, bis sie sich getroffen hatten. Würde er an so etwas glauben, hätte er gedacht, dass sie füreinander bestimmt waren. Göttliches Schicksal oder wiedergeborenes Liebespaar. Was auch immer es war … er würde alles in seiner Macht Stehende tun, um sie zu halten und sie so gut zu behandeln, dass sie ihn nie wieder verließ.

Gestern Nachmittag hatten sie sich geliebt, und es war langsam und träge gewesen. Er hätte nie gedacht, dass er einmal in einer Beziehung sein würde, in der Kuscheln fast so befriedigend war, wie in ihr zu sein. Aber jetzt war er es.

Er hasste es, in die »echte Welt« zurückkehren zu müssen, und zum ersten Mal in seiner Karriere freute Storm sich tatsächlich auf ein Leben außerhalb der Marine. Er hatte seinem Land schon verdammt viel gegeben und konnte es kaum erwarten, nicht mehr in aller Herrgottsfrühe aufstehen zu müssen, um noch mehr zu geben, besonders wenn er daran dachte, mit Jane aufzuwachen.

Er schloss seine Tür ab und machte sich mit Jane an seiner Seite auf den Weg zum Parkplatz. Er hatte sie das ganze Wochenende herumgefahren und es fühlte sich nicht richtig an, sich jetzt von ihr zu trennen … aber er war ein erwachsener Mann, genauso wie sie eine erwachsene Frau war, und sie mussten beide zur Arbeit.

»Machst du heute Mittagspause?«, fragte er.

Jane schüttelte den Kopf. »Montags habe ich normalerweise keine Zeit. Die Post vom Samstag stapelt sich und es ist einfacher, die Mittagspause ausfallen zu lassen und die Post zu erledigen, als sie sich weiter stapeln zu lassen.«

»Kommst du heute Abend wieder her?«, fragte er hoffnungsvoll.

Jane drehte sich zu ihm um. »Denkst du ... Überstürzen wir das?«, fragte sie.

»Nein«, antwortete Storm sofort. »Ich meine, wir sind schnell vorgegangen, aber es fühlt sich richtig an. Oder nicht?«

»Ja, aber ich will auf keinen Fall, dass es so schnell geht, dass du es am Ende bereust.«

»Das werde ich nicht«, versicherte Storm ihr mit Nachdruck. »Aber wenn du es langsamer angehen willst, werde ich das respektieren.«

»Du könntest zu mir kommen ...«, sagte sie zögernd, bevor sie verstummte.

»Abgemacht«, sagte Storm.

»Ich weiß, dass mein Bett nicht so groß ist und du eine bessere Küche hast«, erwiderte sie.

»Das ist doch egal. Wo immer du bist, möchte ich sein.« Er sah, wie sie errötete.

»Du bist zu gut zu mir«, murmelte sie.

»Nichts dergleichen«, entgegnete Storm, beugte sich herunter und küsste sie kurz. »Wir müssen jetzt zur Arbeit, sonst kommen wir zu spät. Ich werde dir wie immer folgen.« Er mochte es, dass sie zur gleichen Zeit zur Arbeit fuhren. Am liebsten hätte er sie gefahren, aber sie brauchten wirklich beide ihre Fahrzeuge, falls sie irgendwann am Tag den Stützpunkt verlassen mussten. Storm freute sich schon auf den Tag, an dem sie seinen Golf nehmen würde, wenn sie eine Besorgung machen musste, aber für den Moment würde er damit klarkommen.

»Okay. Fahr vorsichtig«, sagte sie.

»Du auch, Baby«, antwortete Storm und drückte noch einmal ihre Hand, bevor er sie losließ und zu seinem Wagen ging. Er schaute einmal zurück, um zu sehen, dass Jane ihn beobachtete, und hob sein Kinn in ihre Richtung. Sie winkte ihm kurz zu und machte sich auf den Weg zu ihrem Camry. Als sie am Freitagabend vorbeigekommen war, war der Parkplatz so voll gewesen, dass sie ein paar Reihen von seinem Wagen entfernt hatte parken müssen.

Storm kam bei seinem Fahrzeug an und startete es. Er nahm sich eine Minute Zeit, um noch einmal einen Blick auf seine E-Mails zu werfen, bevor er den Rück-wärtsgang einlegte und die Lücke verließ. Er fuhr zu der Stelle, an der Jane gestanden hatte, und sah, dass sie bereits vom Parkplatz rollte.

Es war ungewöhnlich, dass sie nicht auf ihn wartete, damit er hinter ihr herfahren konnte, aber er dachte sich nicht viel dabei. Sie waren ein wenig spät dran, wahrscheinlich weil er nur widerwillig aufge-standen war und sie an diesem Morgen nach dem Klingeln des Weckers zehn Minuten lang einfach nur gehalten hatte. Vermutlich wollte sie einfach nur zur Arbeit und nicht zu spät kommen.

Storm verließ den Parkplatz und holte Jane ziemlich schnell ein. Dann runzelte er die Stirn – irgendetwas schien nicht zu stimmen.

Er brauchte einen Moment, um herauszufinden, was es war, und dann standen ihm die Haare im Nacken zu Berge.

Es war noch jemand mit Jane im Wagen. Die Person saß neben ihr auf dem Beifahrersitz. Er konnte sich nicht vorstellen, wen sie in den dreißig Sekunden, in denen sie außer Sichtweite gewesen war, getroffen und zur Mitfahrt eingeladen haben könnte.

Als sie an einer Ampel anhielten, schaute Jane nicht in den Rückspiegel, um ihm zuzuwinken, wie sie es oft tat.

Irgendetwas stimmte nicht. Sein Bauchgefühl sagte es ihm.

Und Storm wusste es besser, als sein Bauchgefühl zu ignorieren. Es hatte ihm mehr als einmal das Leben gerettet, als er noch ein SEAL gewesen war. So hatte er sich schon lange nicht mehr gefühlt, aber er würde das Gefühl nie vergessen oder verdrängen.

Er nahm sein Handy und wählte eine Nummer, die er sich schon vor langer Zeit eingeprägt hatte ... nur für den Fall. Die Marinepolizei.

Jane hielt sich am Lenkrad fest und starrte geradeaus, zu verängstigt, um etwas zu tun, was die Frau neben ihr verärgern könnte. In der einen Sekunde hatte sie noch gelächelt und sich daran erinnert, wie süß Storm an diesem Morgen gewesen war, und in der nächsten hatte eine Frau ihre Beifahrertür geöffnet, ihr ein Messer an die Seite gehalten und sie aufgefordert zu fahren.

Sie wäre auf der Stelle ausgestiegen, denn sie wusste, dass sie sich nicht von einem Fahrzeugräuber an einen Ort bringen lassen sollte, an dem es einfacher wäre, sie zu töten und ihre Leiche zu entsorgen, aber dann sagte die Frau mit leiser Stimme: »In der Schachtel auf meinem Schoß ist eine Bombe. Wenn du nicht genau tust, was ich sage, werden wir beide in winzige Stücke gesprengt, und niemand wird je alle unsere Teile finden.«

Irgendwie wusste Jane, dass sie nicht log. Also legte sie den Gang ein und fuhr los.

»Ich bin Jane. Wie heißt du?«, fragte sie, da sie dachte, wenn sie einander mit Vornamen anredeten, würde sie sie vielleicht nicht so leicht umbringen.

»Nicht dass es wichtig wäre, da wir beide tot sein werden, wenn du nicht genau das tust, was ich sage, aber ich heiße Carlin. Ich habe dich im Fernsehen gesehen«, sagte die Frau lässig, als Jane in Richtung Marinestützpunkt fuhr. »Ich wette, das Tränengas hat wehgetan, nicht wahr?«

Carlin wirkte im Moment recht ruhig, aber Jane konnte nicht umhin, auf die Schachtel in ihrem Schoß hinunterzublicken. Sie sah so ... gewöhnlich aus. Aber wenn sie in der Lage war, eine Tränengas-Bombe zu basteln, könnte sie mit Sicherheit auch etwas Tödlicheres herstellen, daran hatte Jane keinen Zweifel.

Ihre Handflächen schwitzten am Lenkrad und sie wünschte sich nichts sehnlicher, als Storm, von dem sie wusste, dass er hinter ihr war, ein Signal zu geben, aber sie hatte Angst, dass die Frau auf dem Sitz neben ihr das mitbekommen und etwas Drastisches tun würde. Also beschloss sie, ruhig zu bleiben und das zu tun, was von ihr verlangte wurde ... zumindest für den Moment.

»Ja, das war scheiße«, antwortete Jane ehrlich.

Carlin zuckte mit den Schultern. »Es war nicht für dich bestimmt«, entschuldigte sie sich fast. »Konteradmiral Creasy sollte das Paket öffnen.«

»Warum?«, fragte Jane schlicht.

»Weil er ein Arschloch ist!«, rief sie. »Er hat nicht einmal mit der Wimper gezuckt, meinen Mann aus der Marine zu werfen. Simon hat sich den Arsch aufgerissen und diesen erbärmlichen Einheimischen in Übersee geholfen. Er würde niemals *irgendjemandem* Geld stehlen. Seine befehlshabenden Offiziere hatten alles falsch verstanden, und als er versuchte, es zu erklären, wollten sie ihm nicht einmal zuhören! Sie warfen ihn raus, einfach so. Sie haben sein Leben ruiniert – und meins.«

Jane blinzelte überrascht. Sie erinnerte sich, dass Dag und Storm über Leutnant Simon Sandburg gesprochen hatten. Sie hatten gedacht, er sei derjenige, der die Bombe geschickt hatte, aber die aktuellen Beweise sprachen dagegen.

»Es tut mir leid«, erwiderte Jane, da sie nicht wusste, was sie sagen sollte, um gleichzeitig mitfühlend und einfühlsam zu wirken. »Das klingt, als hättest du es in letzter Zeit schwer gehabt.«

»Das kann man wohl sagen«, zischte Carlin. »Ich habe wie ein Tier geschuftet, um alles am Laufen zu halten, und gleichzeitig versucht, Simon zu ermutigen, sich einen anderen Job zu suchen, *irgendetwas* zu tun. Aber stattdessen verschwendet er seine ganze Zeit – und unser letztes Geld – in der Kneipe, um seinen Kummer zu ertränken. Ich habe ihm gesagt, dass wir einen Anwalt engagieren und beweisen können, dass er unschuldig ist und das Geld von Leuten bekommen hat, die dankbar für die Hilfe waren, aber er weigert sich.«

Jane wollte mit den Augen rollen. Konnte sie wirklich so dumm sein?

»Ich meine, es ist doch nichts Schlimmes, wenn ein Militärangehöriger ein Dankeschön-Geschenk bekommt. Dieses Arschloch Creasy wollte ihm nicht einmal bei seiner Gerichtsverhandlung zuhören. Die ganze Sache dauerte weniger als zehn Minuten. *Zehn Minuten*, und unser Leben war ruiniert. Verdammtes Arschloch! Er wird es bereuen, dass er Simon rausgeschmissen hat. Dafür werde ich sorgen.«

»Wie lautet dein Plan?«, fragte Jane, die die Antwort wissen wollte und sie gleichzeitig fürchtete.

»Eigentlich wollte ich warten, bis die Aufregung sich gelegt hat, und dann zuschlagen, wenn Creasy es am wenigsten erwartet, aber nachdem diese Typen von der Militärstrafverfolgungsbehörde am Wochenende bei uns waren und Simon ausgequetscht haben, musste ich meinen Zeitplan ändern. Diese Arschlöcher werden nicht eher zufrieden sein, bis sie meinen Mann völlig demoralisiert haben. Ich muss auf den Stützpunkt«, erklärte Carlin ihr. »Ich konnte beim letzten Mal nicht die Art von Bombe schicken, die ich wollte. Ich wusste, dass sie zu sehr erschüttert und der Sprengstoff gezündet würde, bevor ich es wollte. Ich dachte, ich hätte die Tränengas-Bombe so perfektioniert, dass sie nur beim Öffnen des Kartons explodiert, aber anscheinend hatte ich mich geirrt.«

Ja, anscheinend hatte sie das. »Was dann?«, fragte Jane.

»Ich kann nicht allein auf den Stützpunkt kommen, weil mein Militärausweis konfisziert wurde, als mein Mann vor ein Kriegsgericht gestellt wurde. *Du* musst mich also einschleusen. Du zeigst am Tor deinen

Ausweis vor und ich gebe ihnen den gefälschten Führerschein, den ich besorgt habe. Wenn du für mich bürgst, wird alles glatt laufen. Wenn du das tust, bist du in Sicherheit. Also sei ein braves Mädchen und mach keine Dummheiten«, sagte Carlin in hartem Ton. »Ich werde nicht zögern, diese verdammte Bombe zu zünden. Dabei werde ich so viele Menschen töten, wie ich kann.«

Jane schaute in den Rückspiegel und sah Storms Wagen hinter sich. Sie wusste nicht, wie sie ihm mitteilen konnte, was passierte und wer neben ihr saß, ohne Carlin zum Handeln zu provozieren. »Was ist mit Simon?«, fragte sie.

»Was ist mit ihm?«, fragte Carlin.

»Was wird er von all dem halten?«

»Wenn er erfährt, was ich getan habe und wie weit ich gegangen bin, um ihn zu rächen, wird er stolz auf mich sein. Wir werden diesen verdammten Bundesstaat verlassen, irgendwo anders einen neuen Job finden und glücklich bis ans Ende unserer Tage leben. Er muss das nur hinter sich lassen. Und dafür zu sorgen, dass Creasy nicht mehr da ist, um noch mehr Menschen das Leben schwer zu machen, ist genau der richtige Weg.«

Jane schluckte ungläubig. Glaubte die Frau wirklich, sie könnte eine Bombe abliefern, einen Konteradmiral töten, sich vom Stützpunkt schleichen und danach glücklich leben? Dass ihr Mann so etwas gutheißen und sich aus seiner depressiven Stimmung befreien würde?

Und was war mit ihr? Hatte sie überhaupt daran gedacht, was für ein Risiko Jane wäre?

Carlin saß da und erzählte ihr alle ihre Pläne. Sie musste wissen, dass Jane zu den Behörden gehen würde, sobald sie aus dem Wagen ausstieg.

Da sie wusste, dass sie in der Scheiße steckte und Carlin wahrscheinlich einen anderen Plan für sie hatte, tat Jane ihr Bestes, um ruhig zu bleiben. Sie durfte nicht in Panik geraten. Sie musste sich überlegen, was sie tun wollte, und darauf vorbereitet sein, jederzeit aus dem Wagen zu verschwinden.

Jane dachte darüber nach, einen Unfall zu verursachen, aber das könnte die Bombe in Carlins Schoß hochgehen lassen. Auf keinen Fall wollte sie noch jemanden in den bösen Plan dieser Frau hineinziehen. Sie wollte nicht dafür verantwortlich sein, dass jemand sein Leben verlor.

»Warum ich?«, fragte Jane leise.

Carlin zuckte mit den Schultern. »Als ich dich im Fernsehen gesehen habe, hatte ich ein schlechtes Gewissen, weil du mitten in meinem Racheplan gelandet bist. Du bist nur eine einfache Postangestellte. Ich habe dich aufgespürt und dachte, ich würde mich irgendwie entschuldigen ... aber dann habe ich dich mit *ihm* gesehen.«

»Mit wem? Creasy?«, fragte Jane verwirrt.

»Nein. Seinem Freund. Ich weiß nicht, wie er heißt, und es ist mir auch egal. Ich bin dir gefolgt und habe gemerkt, dass du ihn fickst. Aber ich wusste, dass ihr getrennt zur Arbeit fahrt. Es war einfach genug, mich bei deinem Wagen zu verstecken und dich zu überraschen. Da du mit dem Feind schläfst, gibt es für mich keinen Grund, dich zu bemitleiden«, sagte Carlin sachlich.

Jane drehte sich der Kopf. »Storm ist nicht der Feind«, platzte sie heraus, da sie es hasste, wenn jemand schlecht über ihn sprach.

»Das ist er«, beharrte Carlin. »Er hängt mit Creasy herum. Wahrscheinlich hat er auch schon einige anständige, hart arbeitende Matrosen rausgeschmissen. Sie sind *alle* Arschlöcher – und wenn du mit ihm schläfst, bist du ein Miststück. Es macht also nichts, wenn du stirbst. Da du alles darüber weißt, was ich vorhabe, ist es sogar unvermeidlich.«

Carlin sprach so lässig darüber, sie zu töten, dass Jane schockiert war. Und es war schwer, sie zu überraschen, nach allem, was in ihrer Ehe, während der schwierigen Teenagerjahre ihrer Tochter und nach ihrer langjährigen Arbeit auf dem Militärstützpunkt passiert war.

»Versuche nicht, die Heldin zu spielen«, warnte Carlin und drückte das Messer, das sie nicht von ihrer Seite genommen hatte, noch etwas fester gegen ihr Fleisch.

Jane atmete scharf ein, als die Spitze der Klinge ihr Hemd durchstieß und ihre Haut einschnitt. »Das tue ich nicht. Das werde ich nicht«, sagte sie sofort und tat ihr Bestes, um ihren Körper von dem Messer wegzuziehen. Aber ihr kleiner Camry hatte nicht viel Platz zwischen dem Beifahrer- und dem Fahrersitz. Das war ein Detail, das sie liebte, wenn Storm mit ihr im Wagen saß. Jetzt mochte sie es definitiv nicht.

Sie fuhren schweigend auf den Stützpunkt zu, und als sie sich ihm näherten, beschleunigte Janes Herzschlag sich und sie spürte, wie das Adrenalin durch ihre Adern floss. Der beste Zeitpunkt, um zu entkommen, würde sich bieten, wenn sie am Tor anhalten musste. Wenn der Marineoffizier sie nach ihrem Ausweis fragte. Sie wollte auf keinen Fall, dass er verletzt wurde, aber sie wollte auch nicht, dass Creasy starb. Oder sie selbst.

»Bleib ruhig«, mahnte Carlin, als sie sich dem Tor zum Stützpunkt näherten. »Mach keine Dummheiten, oder *kabumm*! Du wirst das Arschloch, mit dem du zusammen bist, nie wieder ficken können.«

Ein Schweißtropfen lief Jane über das Gesicht und sie wusste, dass Carlin nicht scherzte. Sie war offensichtlich verrückt, und wenn sie bereit war zu sterben, um sich an Konteradmiral Creasy zu rächen, dann würde sie auch kein Problem damit haben, jeden auszuschalten, der sich ihr in den Weg stellte.

Als sie noch einmal in den Rückspiegel schaute,

sah sie, dass Storm so dicht herangefahren war, dass sie nicht einmal seine Scheinwerfer sehen konnte, als sie sich in die kurze Schlange vor dem Tor einreihte.

Bedeutete das, er wusste, dass etwas nicht stimmte? Dass er einen Plan hatte?

Jane hoffte von ganzem Herzen, dass dies der Fall war, aber sie hoffte auch, dass er es nicht wusste. Letzteres würde bedeuten, dass er in Sicherheit wäre. Bei Ersterem könnten sie alle getötet werden …

Aber es könnte sie auch retten.

Scheiße.

»Ausweise bitte«, sagte der Oberleutnant zur See, als Jane vor dem kleinen Wachhaus anhielt.

Sie drehte sich zu Carlin um. Sie hatte ein strahlendes Lächeln im Gesicht und das Messer, das sie Jane an die Seite gehalten hatte, war nirgends zu sehen. Aber die verdammte Schachtel in ihrem Schoß schien noch größer zu sein als zuvor. Das war natürlich nicht der Fall, aber Jane konnte nicht umhin, die darin lauernde Gefahr zu spüren.

Langsam griff sie nach ihrer Handtasche, um ihren Ausweis herauszuholen, und sah, wie Carlin ihr einen ungeduldigen Blick zuwarf. Jane wollte etwas zu dem jungen Offizier sagen. Sie wollte ihm einen Hinweis auf die Gefahr geben, in der sie alle schwebten, aber sie wollte auch nicht sein Leben riskieren … oder ihr eigenes.

Sie schnappte sich den Ausweis, der ihr den

Zugang zum Stützpunkt ermöglichte, und nahm auch den gefälschten Führerschein, den Carlin ihr gegeben hatte. Sie reichte beides dem Mann und öffnete weit die Augen in der Hoffnung, dass er es kapieren würde.

Ohne zu zögern, wandte der Mann sich von ihr ab und nahm die Ausweise mit in das Wachhaus, wie es das Protokoll vorschrieb. Jane wusste, dass er sie beide scannen würde, und wenn alles in Ordnung war, würde er sie zurückgeben und sie durften weiterfahren.

Die Zeit verging extrem langsam. Jede Sekunde kam ihr wie eine Ewigkeit vor. Jane schaute sich um, ohne den Kopf zu drehen, und es kam ihr so vor, als würden sich noch mehr Leute am Tor des Stützpunktes aufhalten als sonst. Der Himmel fing gerade an, sich mit dem Aufgang der Sonne aufzuhellen, und sie konnte an fast jeder Ecke Angehörige der Marinepolizei sehen. Das stimmte sie hoffnungsvoll, aber gleichzeitig hatte sie auch eine Scheißangst. Mehr Menschen bedeuteten mehr Tote, wenn etwas schiefging.

Nach einem Moment wandte der junge Offizier sich an sie. »Es gibt ein Problem mit Ihrem Ausweis, Miss Hamilton. Steigen Sie bitte aus dem Wagen aus.«

Für einen kurzen Moment stieg Janes Hoffnung. Sie löste ihren Sicherheitsgurt und griff nach der Tür. Sie hatte sie gerade ein Stück geöffnet, als Carlin sich in Bewegung setzte.

Das Messer wurde wieder gegen ihre Haut gepresst, aber dieses Mal war es an ihrer Kehle.

»Geh zurück«, befahl Carlin dem Leutnant. »Sie wird nirgendwo hingehen. Du wirst das verdammte Tor öffnen und uns durchlassen, sonst werde ich sie wie ein Schwein ausnehmen und die Bombe in meinem Schoß zünden. Du hast zehn verdammte Sekunden, um es zu erledigen. Ab *jetzt.*«

Die Augen des Offiziers weiteten sich, aber er ließ den Blick zu etwas hinter Carlin gleiten. Ohne den Kopf zu bewegen, sah Jane aus dem Augenwinkel drei Marinepolizisten, die ihre Pistolen direkt auf Carlin gerichtet hatten.

»Legen Sie das Messer weg, *sofort!*«, brüllte einer von ihnen.

Innerhalb von Sekunden war der Wagen von mehr Polizisten umzingelt, als Jane seit Beginn ihrer Arbeit auf dem Stützpunkt je auf einmal gesehen hatte. Sie war nicht in der Nähe des Parkplatzes gewesen, als Phantom und seine Freundin angegriffen worden waren, aber sie stellte sich vor, dass es dort wahrscheinlich ähnlich ausgesehen hatte wie jetzt vor ihrem Wagen.

»Geht zurück!«, rief Carlin ein wenig verzweifelt. »Ich habe eine Bombe und ich werde sie hochgehen lassen, verdammt! Das werde ich! Legt euch nicht mit mir an!«

»Ganz ruhig«, sagte einer der Polizisten. »Wir

werden das schon hinkriegen und niemand wird verletzt.«

»Aber ich *will*, dass Menschen verletzt werden«, schrie Carlin. »So wie mein Mann und ich es wurden! Holt Konteradmiral Creasy her. *Und zwar sofort!*«

Jane zitterte heftig in ihrem Sitz. Das Fahrzeug war von Feldjägern umzingelt – oder von Bootsmännern ... wie auch immer die Marinepolizei genannt wurde. Sie wusste nicht mehr, ob sie Feldjäger waren, wenn sie sich auf einem Schiff befanden, und Bootsmänner, wenn sie auf dem Stützpunkt waren, oder umgekehrt, oder beides.

Sie *wusste* nur, dass ihre Gedanken in eine Million verschiedene Richtungen gingen, und sie zwang sich, sich zu konzentrieren. Es spielte keine Rolle, wie sie genannt wurden. Die Polizei war die Polizei und sie betete, dass die Männer einen Weg finden würden, um alle heil und an einem Stück aus der Sache herauszubringen. Im wahrsten Sinne des Wortes.

Jane saß so still wie möglich mit der inständigen Hoffnung, dass Carlin sie bei all dem Trubel um sie herum irgendwie vergessen würde ... als sie spürte, wie etwas ihre linke Hand streifte.

Als sie die Tür geöffnet und Carlin ihr das Messer an die Kehle gehalten hatte, hatte Jane ihre Hand schlaff an der Seite baumeln lassen.

Aber jetzt hielt jemand sie fest. Ganz fest.

Sie konnte nicht nach unten schauen, um sich zu

vergewissern, wer es war, aber sie würde das Gefühl dieser schwieligen Finger überall wiedererkennen. In ihrer Panik hatte sie vergessen, dass Storm hinter ihr war. Aber er war offensichtlich aus seinem Wagen ausgestiegen und an ihre Seite gekommen. Sie betete, dass Carlin ihn nicht sehen konnte.

Ihn dort zu sehen machte ihr schreckliche Angst – aber es machte sie auch entschlossener denn je, alles zu tun, um sicherzustellen, dass dies endete, ohne dass sie oder Storm in kleinen Teilen auf dem Asphalt lagen.

Sie drückte seine Hand so fest sie konnte, und als er sie fester hielt, seufzte sie erleichtert auf. Storm war da. Er würde ihr helfen. Sie musste nur bereit sein für das, was auch immer er vorhatte. Und sie hatte keinen Zweifel, dass er einen Plan hatte.

Einmal ein SEAL, immer ein SEAL.

Storm sah mit klopfendem Herzen zu, wie Jane vor das Wachhaus am Eingang des Marinestützpunktes fuhr. Nachdem Storm die Polizei angerufen hatte, um sie zu informieren, dass sie nach Janes Fahrzeug Ausschau halten sollte, war dem Oberleutnant zur See mehr als bewusst, dass etwas nicht stimmte. Er war jedoch angewiesen worden, sich normal zu verhalten und Jane so unauffällig wie möglich aus dem Wagen zu holen.

Als ihr Fahrzeug anhielt, fuhr Storm so nahe wie möglich heran und glitt vom Fahrersitz. Sofort ließ er sich auf den Bauch sinken und kroch zu Janes Tür. In dem Moment, in dem sie herauskam, würde er da sein, um sie zu packen und in Sicherheit zu bringen. Alle anderen konnten sich um denjenigen kümmern, der neben ihr saß.

Die Haare in seinem Nacken hatten sich nicht wieder gelegt. Er wusste, dass etwas ganz und gar nicht stimmte, und sein einziges Ziel war es, Jane herauszuholen. Er bereute es, nicht darauf bestanden zu haben, dass sie zusammen fuhren, und in Zukunft würde er besser auf sie aufpassen.

Doch seine Pläne wurden zunichtegemacht, als die Frau, die neben ihr saß, sich weigerte, Jane aus dem Fahrzeug aussteigen zu lassen. Storms Gedanken drehten sich. Er hörte, wie sie sagte, dass sie eine Bombe habe, und obwohl er keine der beiden sehen konnte, hörte er sie auch etwas darüber sagen, Jane auszuweiden.

Als er durch den Spalt ihrer Tür – die Jane zum Glück nicht geschlossen hatte – nach oben sah, konnte Storm erkennen, wie blass sie war. Sie saß steif auf ihrem Sitz und ihr linker Arm hing regungslos an ihrer Seite.

Ohne nachzudenken, griff Storm nach Janes Hand, als alle schrien, die unbekannte Frau solle aufgeben und sich stellen.

Ihre Finger waren eiskalt, und er wusste, dass es an dem Schock lag, der sich eingestellt hatte. Er dachte, sie könnte in Panik geraten, als er sie ergriff, aber er hätte es besser wissen müssen. In dem Moment, in dem er seine Finger um ihre schloss, entspannte sie sich. Nicht völlig, aber genug, um ihm zu versichern, dass sie wusste, wer sie berührte.

Und als sie seine Finger ebenfalls drückte, stieg erneut Entschlossenheit in ihm auf.

Er würde sie nicht verlieren. Auf keinen Fall. Er hatte keine Ahnung, ob die Frau, die neben ihr saß, eine echte Bombe hatte oder nicht, aber er würde kein Risiko eingehen.

Wie durch ein Wunder war Storm immer noch unentdeckt, und er ging noch tiefer in die Hocke. Er wollte nicht, dass die andere Frau im Seitenspiegel einen Blick auf ihn erhaschte. Eine falsche Bewegung, und sie könnten alle in die Luft fliegen. Er hatte nicht siebenundvierzig Jahre verbracht, ohne den einen Menschen gefunden zu haben, der für ihn bestimmt war, nur um ihn jetzt zu verlieren.

Nein. Einfach nein.

Je länger Storm neben dem Wagen hockte und der Frau zuhörte, wie sie immer weiter schimpfte und die Beamten aufforderte, Creasy herauszubringen, desto entschlossener wurde er. In seinem Verstand formte sich ein Plan, und er drehte den Kopf, um sich umzusehen. Seine Position war nicht ideal. Janes Fahrzeug stand nahe an der Wachhütte, was ihnen nicht viel Platz ließ. Aber sie war so weit vorgefahren, dass die Öffnung zum Gebäude gerade weit genug hinter der Tür lag, wenn diese geöffnet wurde.

Storm nickte und schaute sich um, um zu sehen, wer sonst noch da war. Er sah eine Menge junger Feldjäger und auch ältere Beamte – aber nicht die, die er sehen wollte.

Er hatte Rocco sofort angerufen, nachdem er die Marinepolizei kontaktiert hatte, aber er wusste, dass es dauern würde, bis er eintraf. Und er hatte sicher auch sein Team informiert. Bald würden seine SEALs eintreffen.

Beeilt euch, Jungs. Ich brauche euch, dachte Storm. Er wusste, dass die Feldjäger die Frau so lange wie möglich hinhalten würden, aber sie war offensichtlich labil und es ließ sich nicht sagen, wie viel Zeit sie hatten, bevor sie die Geduld verlor und entweder Jane erstach oder sie alle in die Luft jagte.

»Wo ist er?«, brüllte Carlin ungeduldig. »Ihr hört mir *nicht zu*! Ich werde es tun, ich habe nichts zu verlieren! Bringt Creasy her, damit ich mit ihm reden kann. Das ist alles, was ich will!«

»Wir arbeiten daran«, antwortete der Mann, der versucht hatte, mit Carlin zu verhandeln.

»Arbeitet schneller daran!«, schrie sie. »Wenn ihr denkt, dass ich herumalbere, das tue ich nicht. Ich habe bereits eine Bombe auf diesem Stützpunkt gezündet und ich werde es wieder tun! Aber dieses Mal wird sie verdammt viel Schaden anrichten! Wenn ihr nicht für den Tod aller Menschen in Hörweite verantwortlich sein wollt, holt ihr ihn jetzt her!«

Jane blendete Carlin aus und tat ihr Bestes, um sich einen Plan auszudenken. Sie könnte das Gaspedal durchtreten und alles tun, um das Fahrzeug vom Tor und den Menschen wegzubringen, bevor Carlin die Bombe zündete. Aber es gab keine Garantie, dass sie den Gang einlegen und aus dem Weg fahren konnte, bevor die Bombe explodierte. Sie könnte versuchen, Carlin das Messer und die Schachtel zu entreißen, aber auch hier würde vielleicht die kleinste Bewegung das verdammte Ding auslösen und alle würden dennoch getötet werden. Sie könnte warten, bis die Verhandlungsführer ihre Arbeit getan hatten, aber es sah nicht so aus, als würde Carlin nachgeben. Jane wusste nicht, ob ein Gespräch mit Creasy helfen oder die Situation verschlimmern würde.

Als Jane in den Rückspiegel schaute, sah sie, wie ein großer Chevy Pick-up um die anderen Fahrzeuge herumfuhr, die in der Reihe hinter ihr evakuiert worden waren. Sie erkannte ihn. Gumby, einer von Storms Männern, besaß so einen Wagen. Sie hatte ihn auf der Strandparty gesehen ... war das erst vor zwei Tagen gewesen?

Hoffnung keimte in ihr auf und zum zweiten Mal – das erste Mal war gewesen, als sie merkte, dass Storm ihre Hand hielt – dachte sie, dass sie das hier vielleicht lebend überstehen würde. Sie wusste nicht wie, aber wenn es jemand schaffen konnte, dann waren es Storm und sein Team.

»Ich verliere langsam die Geduld!«, schrie Carlin und fuchtelte mit dem Messer, das an Janes Kehle gewesen war. Sie stieß es nutzlos aus dem Fenster in Richtung des Verhandlungsführers, der mindestens sieben Meter vom Wagen entfernt stand. »Holt. Mir. Creasy! Er muss wissen, dass sein Handeln Konsequenzen hat! Wenn er meinen Mann nicht ungerechterweise vor ein Kriegsgericht gestellt hätte, wäre das alles nicht passiert!«

Die Sonne begann gerade, über den Horizont zu schauen, und wie der Zufall es wollte, war das Tor nach Osten ausgerichtet. Jane zuckte zusammen in dem Wissen, dass die Sonne sie blenden würde, während sie aufging. In zehn Minuten würde sie nicht stören, aber in den wenigen Minuten, die sie brauchte, um hoch genug den Himmel hinaufzuklettern, würde sie es unmöglich machen, irgendetwas zu sehen, was vor dem Fahrzeug passierte.

»*Scheiße*«, fluchte Carlin neben ihr. »Das geht alles den Bach runter!«

Die Sonne stand plötzlich so hoch am Himmel, dass ihre blendenden Strahlen sowohl Jane als auch die aufgewühlte Frau neben ihr direkt in die Augen trafen.

Dann spürte Jane, wie Storm fest ihre Hand drückte.

Sie spannte sich an und hielt den Atem an. Das war es. Was auch immer Storm geplant hatte, es würde passieren. Sie hoffte inständig, dass sie schnell sterben würde, falls es nicht funktionierte und die Bombe explodierte. Sie hatte noch nie Angst vor dem Tod gehabt, aber sie war kein Fan von Schmerzen.

Jane schämte sich für die Richtung, in die ihre Gedanken gewandert waren, und war nicht darauf vorbereitet, als ihre Fahrzeugtür aufgerissen wurde, Storm so heftig an ihrem Arm zerrte, dass er ihr fast die Schulter auskugelte, und sie durch die Luft flog.

Storm war erleichtert, als Gumby, Rocco und Bubba aus Gumbys Silverado sprangen und sich heimlich auf die andere Seite des Wachhäuschens begaben. Die Frau – von der er nach all ihrem Geschrei jetzt wusste, dass es sich um die Frau von Leutnant Sandburg handelte – konzentrierte sich auf das, was zu ihrer Rechten mit der Polizei und dem Verhandlungsführer geschah. Da das Wachhäuschen so dicht zu ihrer

Linken war, vermutete sie offensichtlich keine Gefahr von dort.

Da hatte sie sich geirrt. Sie hatte keine Ahnung, dass einige der tödlichsten Männer der Welt im Begriff waren, diese Pattsituation ein für alle Mal zu beenden.

Dag war geraten worden, sich außer Sichtweite zu halten, aber Storm wusste, dass er irgendwo dort war. Sobald er hörte, dass es am Tor ein Problem gab, würde er sofort dabei sein wollen, auch wenn seine Anwesenheit *nicht* verlangt wurde. Storm hatte ihn nicht gesehen, aber er hatte keinen Zweifel daran, dass er zusah und auf den richtigen Zeitpunkt wartete, um seine Anwesenheit zu zeigen.

Und Storm wusste, wenn er von Carlin Sandburg gesehen wurde, würde sie die Bombe in ihrem Schoß hochgehen lassen, und sei es nur in der vagen Hoffnung, dass sie auch ihn töten würde.

Als Storm sich seinen SEALs zuwandte, bemerkte er, dass Bubba sein marineeigenes Scharfschützengewehr in der Hand hielt. Er war der beste Schütze im Team, und Storm war in seinem ganzen Leben noch nie so dankbar gewesen, jemanden zu sehen. Er war kein Fan davon, jemanden zu töten, aber er wusste, dass Bubba in der Lage sein würde, Carlin außer Gefecht zu setzen, ohne sie zu töten, und so hoffentlich diese Pattsituation sicher zu beenden.

Er deutete mit dem Kopf nach vorn in dem Wissen, dass der Sonnenstand Jane und Carlin vorübergehend blenden würde. Er hatte oft genug in der Schlange gestanden, um zu wissen, wie nervig der Sonnenaufgang war, wenn man um diese Zeit auf den Stützpunkt kam. Sie hatten Glück gehabt, und jeden Moment konnten er und die anderen SEALs das zu ihrem Vorteil nutzen.

Seine Männer zeigten nickend ihr Verständnis. Er zeigte auf die Stelle, an der seine Hand von der Tür versteckt war, und hoffte, sie würden verstehen, dass er Jane festhielt. Dann drehte er seine freie Hand im Kreis und zeigte in die Richtung, in die er Jane aus dem Fahrzeug befreien wollte.

Rocco nickte und sagte etwas zu seinen Teamkameraden. Dann gingen Bubba und Gumby direkt vor dem Wagen hinter einem Polizeifahrzeug in Stellung, das dort geparkt war, um Jane daran zu hindern, auf den Stützpunkt zu gelangen, und Rocco verschwand hinter der Kante des Wachhäuschens.

Storm hielt den Atem an. Es gab keine Garantie, dass das funktionieren würde. Wenn Carlin eine so gute Ingenieurin war, wie es in den Berichten stand, könnten sie alle tief in der Scheiße stecken. Die Tränengas-Bombe, die sie gebaut hatte, war gut gewesen, also hatte er keinen Zweifel daran, dass die Schachtel in ihrem Schoß echt war und sie alle töten konnte, wie sie behauptete.

Erneut stieg Entschlossenheit in Storm auf. *Niemand* legte sich mit seiner Jane an.

Die Zeit schien sich zu verlangsamen, während er darauf wartete, dass die Sonne den perfekten Punkt am Himmel erreichte. Carlins Tonfall wurde immer aufgeregter und für eine Sekunde dachte Storm, dass sie es nicht schaffen würden. Dass sie ungeduldig werden und beschließen würde, dass sie nicht mehr auf Creasys Erscheinen warten wolle, und einfach die Bombe zündete.

In der einen Sekunde war die Luft von gespannter Erwartung erfüllt und in der nächsten tauchten die ersten Sonnenstrahlen über dem Horizont auf, als zeigte Gott verurteilend mit dem Finger auf Carlin.

Es war ein abwegiger Gedanke, und Storm hatte keine Zeit, sich damit zu beschäftigen. Er wusste, dass er und sein Team nur Sekunden zum Handeln hatten. Dass Carlin erkennen würde, dass ihre Vorderseite verwundbar war und sicher jemand etwas unternehmen würde, um ihre tödlichen Pläne zu stoppen.

Storm sah zu Bubba auf, der etwa dreißig Meter vor Janes Fahrzeug das Gewehr hob, und hielt den Atem an.

Er drückte Janes Hand fest in dem Versuch, sie zu warnen, dass die Kacke gleich am Dampfen wäre. Er spürte, wie sie sich anspannte – und dann setzte er sich in Bewegung.

Storm riss die Fahrzeugtür auf und zog Jane mit all seiner Kraft zu sich heran.

Sie flog praktisch aus dem Sitz und in seine Arme.

Er beförderte sie beide so schnell er konnte rückwärts in Richtung der offenen Tür des Wachhauses. Storm musste so viel Abstand wie möglich zwischen sie und die Bombe bringen.

Er rechnete damit, dass die Plötzlichkeit seiner Bewegungen Carlin überrumpeln würde. Dass sie einen Moment brauchen würde, um zu begreifen, dass ihre Geisel entkommen war, bevor sie die Bombe in ihrem Schoß zünden konnte. Er hoffte, dass sie einfach aufgeben würde – aber er hatte in seinem Leben schon viele verzweifelte und verrückte Menschen gesehen und wusste, dass das nicht so einfach passieren würde.

Zu seinem und Janes Pech hatte er recht. Er hörte, wie Carlin ein frustriertes und verzweifeltes »Nein!« schrie, als Jane aus dem Wagen verschwand ...

Irgendwo um sie herum ertönte ein Schuss ...

Und dann explodierte die Welt.

Vielleicht nicht die Welt, aber das Fahrzeug, in dem Jane Sekunden zuvor gesessen hatte.

Storm hatte es geschafft, sie beide durch das Wachhäuschen und auf der anderen Seite wieder herauszubringen, bevor die Bombe hochging, und er rollte sich ab, bis Jane unter ihm lag. Er wäre mit ihr gelaufen, aber er wollte nichts tun, was sie verwundbar machen würde. Es war zwar nicht gerade sicher, an Ort und Stelle zu bleiben, aber besser, als wenn sie während der Flucht von Splitterregen durchbohrt worden wäre. Er bedeckte ihren Körper mit seinem eigenen, schloss die Augen und betete intensiver als je zuvor in seinem Leben. Der zweifelhafte Schutz der Wachhütte würde nicht ausreichen, um sie völlig in Sicherheit zu bringen, aber er hoffte einfach, dass er ihr Leben retten würde.

Der Lärm war ohrenbetäubend. Storm spürte schlagartige Schmerzen in seinem Rücken, als die kugelsicheren Fenster der Wachhütte explodierten, da sie der Wucht der Bombe nicht gewachsen waren.

»Storm!«, schrie Jane unter ihm, aber er rührte sich nicht. Er drückte sie fester an sich, während aus allen Richtungen Trümmer auf sie herabregneten. Obwohl ihm die Ohren klingelten und sein Rücken vor Schmerzen pochte, rührte Storm sich nicht, selbst als er dachte, das Schlimmste sei vorbei. Er würde nicht das Risiko eingehen, dass Carlin überlebt hatte und hinter Jane her war.

»Storm ...«, rief Jane erneut.

Sie klang gestresst und Storm wusste, er musste sich vergewissern, dass sie nicht verletzt worden war. Dass sie nicht verblutete und medizinische Hilfe brauchte. Er hob den Kopf ein wenig an und spürte, wie etwas von ihm herunterfiel. Es schien, als seien sie größtenteils unter dem begraben, was von der Wachhütte übrig war. Sie war zwar über ihnen zusammengebrochen, hatte sie aber auch vor dem Schlimmsten der Explosion geschützt.

Storms Rücken und Beine pochten, aber er war am Leben. Jane war am Leben.

Er schaute ihr in die Augen und stellte fest, dass ihre Pupillen so geweitet waren, dass er die wunderschönen braunen Iriden, in die er sich Hals über Kopf verliebt hatte, fast nicht mehr sehen konnte.

»Storm?«, fragte sie erneut.

Ihre Hand lag immer noch in seiner und er hielt sie fest zwischen ihnen. »Geht es dir gut?«, krächzte er.

Ihre Augen füllten sich sofort mit Tränen, und gerade als er in Panik geriet, nickte sie. »Dank dir, ja.«

»Scheiße«, murmelte er leise, die Erleichterung fast greifbar. »Ich liebe dich«, platzte er heraus, ohne sich darum zu scheren, dass jetzt wahrscheinlich weder die Zeit noch der Ort für eine solche Erklärung war. »Als ich sah, dass jemand mit dir im Wagen sitzt, wusste ich, dass etwas nicht stimmt. Ich werde dich nicht gehen lassen«, schwor er. »Du liebst mich vielleicht noch nicht, aber das wirst du. Ich werde alles tun, was nötig ist.«

»Doch, das tue ich«, sagte sie, während ihr die Tränen über die Wangen und Schläfen liefen und in ihrem staubigen Haar landeten. »Ich glaube, ich liebe dich schon seit Ewigkeiten.«

Das war alles, was Storm hören musste. Seine Lippen trafen auf ihre und er küsste sie, als sei sie das Wertvollste in seinem Leben ... denn das war sie. »Ich dachte, ich hätte dich verloren«, murmelte er verzweifelt.

»Ich wusste, du würdest mich irgendwie da rausholen«, sagte sie.

Storm war sich da nicht so sicher gewesen, aber er widersprach ihr nicht.

»Sir?«, hörten sie jemanden von oben rufen. »Räumt diesen verdammten Schutt von ihnen runter!«

Storm stöhnte auf, als ein Stück Holz von seinem Rücken entfernt wurde.

»Bist du in Ordnung?«, fragte Jane besorgt.

Er öffnete den Mund, um zu sagen, dass es ihm gut ginge und er bei einigen seiner SEAL-Einsätze schon viel schlimmer verletzt worden sei, aber stattdessen schloss er die Augen und tat sein Bestes, um nicht ohnmächtig zu werden, als ein Brett über seine Beine rutschte und sich etwas Scharfes in seine Wade bohrte.

»Stopp!«, schrie Jane, woraufhin Storm zusammenzuckte, da sie laut und ihm praktisch ins Ohr gebrüllt hatte. »Storm ist verletzt! Seid verdammt noch mal vorsichtig!«

Er konnte sich ein Lachen nicht verkneifen. Es war ihm egal, wie viele Nägel aus seinem Rücken und seinen Beinen gezogen werden mussten. Jane war in Sicherheit, und das war alles, was ihn interessierte.

»Hey, Sir«, sagte Rocco mit unerträglich fröhlicher Stimme. »Wollen Sie weiter auf Ihrer Frau liegen und sie knutschen, oder wollen Sie aufstehen und von hier verschwinden?«

»Fick dich, Matrose«, sagte Storm und tat sein Bestes, um nicht zusammenzuzucken, als jemand ihn am Arm packte, um ihm beim Aufstehen zu helfen.

Er nahm die Hilfe von Gumby und Bubba an und drehte sich dann sofort um, um Jane zu helfen. Als sie beide aufrecht waren und Jane sich an seine Seite gekuschelt hatte, sah er sich ungläubig um.

Sie sahen aus, als stünden sie mitten in einem Kriegsgebiet. Sowohl sein als auch Janes Wagen waren vollkommen zerstört. Die Wachhütte lag in Trümmern, aber sie hatte genau das getan, was er gehofft hatte: Sie hatte das Schlimmste der Explosion abgehalten und ihnen gerade genügend Schutz geboten, um die Druckwelle der Bombe zu überstehen.

Als er sah, was von der Frau, die neben Jane gesessen hatte, übrig geblieben war – im Wesentlichen ein paar Körperteile hier und da , drehte er sich um, um Jane die Sicht zu versperren.

»Kommen Sie«, sagte Bubba leise, »wir bringen Sie zu den Sanitätern.«

Storm hatte keine Ahnung, wie schlimm seine Verletzungen waren, aber wenn seine SEALs ihn ermutigten, direkt zu den Sanitätern zu gehen, waren sie ziemlich schlimm. Aber Storm stand aufrecht und konnte gehen, auch wenn jeder Schritt Schmerzen in seinem Körper verursachte.

»Bist du in Ordnung, Jane?«, fragte Rocco in einem etwas ernsteren Ton.

»Mir geht es gut«, versicherte sie ihm. »Storm hat mich beschützt.«

Rocco nickte, als sei das das Normalste, was er an diesem Morgen gehört hatte. »Ich glaube, seine Verletzungen sehen schlimmer aus, als sie sind. Was auch immer du tust, verwöhne den Mann nicht. Er wird nur weich und lässt es dann an uns aus.«

Janes Lippen zuckten, aber sie lächelte nicht. Es war noch zu früh. Storm wusste, dass sie danach noch einige schlechte Zeiten erleben würde. Wer würde das nicht? Er wusste nicht, was in ihrem Wagen passiert war oder was gesagt wurde ... aber er würde es erfahren. Jane würde ihm alles erzählen. Dann würde er alles tun, was nötig war, damit sie sich wieder sicher und geerdet fühlte. Genauso wie er wusste, dass sie alles tun würde, um *ihm* zu versichern, dass es ihr gut ging.

Storm beugte sich vor und küsste ihre Schläfe, während sie gingen. Durch die Bewegung wurde das erschüttert, was auch immer aus seiner Schulter ragte, und er stieß einen gequälten Atemzug aus. Aber er wusste, was auch immer von diesem Moment an passieren würde, er würde es überstehen. Jane liebte ihn, und er liebte sie. Nichts anderes war wichtig.

EPILOG

Jane saß mit geradem Rücken und im Schoß gefalteten Händen vor den ranghöchsten Offizieren des Stützpunktes. Sie war dort, um ihre Sicht der Dinge darzulegen, die vor einem Monat mit Carlin Sandburg passiert waren. Die Ermittlungen waren nach vielen Gesprächen mit verschiedenen Personen endlich abgeschlossen worden.

Konteradmiral Creasy war zusammen mit mehreren anderen Offizieren anwesend. Sogar ein Vizeadmiral war gekommen, der eingeflogen worden war, um die offiziellen Ergebnisse der Untersuchung zu hören.

Jane erfuhr, dass Bubba auf Carlin geschossen hatte, um sie aufzuhalten, damit sie die Bombe nicht zünden konnte, aber er war den Bruchteil einer

Sekunde zu spät dran gewesen. Sie hatte den Sprengstoff in ihrem Schoß bereits gezündet.

Die verstorbene Marine-Ehefrau hatte nicht gelogen, was den Inhalt der Schachtel anging. Zum Glück war die Explosion zwar tödlich, aber nicht stark genug gewesen, um die Polizei und andere unschuldige Menschen in der Nähe auszuschalten.

Hätte Jane allerdings neben ihr gesessen, wäre sie mit Sicherheit genauso in Stücke gerissen worden wie Carlin.

Storm hatte eine geprellte Niere erlitten und ein paar Nägel in den Beinen, im unteren Rücken und in einer Schulter gehabt, aber wie durch ein Wunder war er nicht schlimmer verletzt worden als das. Jane hatten Gewissensbisse geplagt, weil er verletzt worden war, indem er sie beschützte, aber Storm hatte mehr als deutlich gemacht, dass er genau dasselbe sofort wieder tun würde, und er bedauerte es nicht im Geringsten, an ihrer Stelle verletzt worden zu sein.

Der ehemalige Leutnant Sandburg war von der Militärstrafverfolgungsbehörde gründlich untersucht und befragt worden und es wurde festgestellt, dass er nichts mit den Plänen seiner Frau zu tun gehabt und nichts davon gewusst hatte. Er hatte auch nicht gewusst, dass sie für die Tränengas-Bombe verantwortlich gewesen war und ein Attentat auf den Konteradmiral geplant hatte.

Er war heute nicht bei der abschließenden Anhörung, da er aus Kalifornien weggezogen war, um hoffentlich sein Leben auf die Reihe zu kriegen und sich von dem zu trennen, was seine Frau getan hatte.

»Können Sie uns in Ihren eigenen Worten erzählen, was an diesem Morgen passiert ist?«, fragte der leitende Ermittler der Strafverfolgungsbehörde.

Jane nickte. Sie hatte ihre Geschichte schon anderen immer wieder erzählt. Am Anfang war es schwer gewesen und sie hatte Albträume gehabt. Aber im Laufe des letzten Monats war der Einfluss, den Carlin auf ihre Albträume hatte, mit jeder Wiederholung geringer geworden. Jane wachte nicht mehr mit einem Schrei auf, da sie dachte, die Bombe sei explodiert, als sie noch im Wagen saß. Sie hatte keine Albträume mehr, in denen Storm bei dem Versuch, sie zu retten, in Stücke gerissen wurde. Sie lebte ihr Leben weiter, und das hatte viel mit dem Mann zu tun, der neben ihr saß.

Sie spürte, wie eine Hand auf ihrem Oberschenkel landete und sie sanft drückte. Als sie zu Storm hinüberschaute, sah sie, wie er fast unbemerkt das Kinn anhob, wodurch sie sich bestärkt fühlte. Mit ihm an ihrer Seite konnte sie alles schaffen.

Also erzählte sie die Geschichte, wie sie von der Tränengas-Bombe getroffen worden war, die Carlin geschickt hatte, und alles, woran sie sich erinnern konnte, von dem Zeitpunkt, an dem die Frau in ihr Fahrzeug gestiegen war, bis zu dem Moment, an dem

Storm sie aus dem Wagen in die zweifelhafte Sicherheit des Wachhäuschens am Tor des Stützpunktes gezogen hatte.

Sie beantwortete alle ihre Fragen ehrlich.

Nein, sie hatte Carlin Sandburg vor diesem Morgen noch nicht getroffen.

Nein, sie hatte nicht gewusst, dass Dag ihren Mann, Simon Sandburg, vor ein Kriegsgericht gestellt hatte.

Ja, sie hatte Angst um ihr Leben gehabt.

Nein, sie hatte nicht gewusst, was Storm vorhatte zu tun.

Nein, sie hatte den Schuss, den Bubba abgegeben hatte, nicht gehört.

Jane beantwortete geduldig jede einzelne Frage, die ihr gestellt wurde, und ärgerte sich nicht einmal darüber, dass einige Fragen zweimal gestellt wurden. Sie verstand, dass ein Ereignis dieser Größenordnung am Eingang des Stützpunktes eine große Sache war. Jede Sicherheitsmaßnahme wurde auf Herz und Nieren geprüft und sogar die Art und Weise, wie die Fahrzeuge durch das Tor geschleust wurden, wurde aufgrund des Vorfalls überdacht.

Und dann, endlich, hörten die Fragen auf.

»Konteradmiral«, sagte der leitende Ermittler, »wir sind zu dem Schluss gekommen, dass Ihre Entscheidung, Leutnant Sandburg vor ein Kriegsgericht zu stellen, angemessen und nicht übertrieben war. Miss Hamilton, wir müssen Sie dafür loben, dass Sie in einer nicht ganz so idealen Situation die Ruhe bewahrt haben. Admiral North, Ihr Handeln und das Ihrer Männer war mutig und hat sicherlich verhindert, dass noch mehr Menschen verletzt wurden. Ich danke Ihnen allen für Ihre Unterstützung bei den Ermittlungen, und wenn Sie Fragen zu diesem Verfahren oder dem Ergebnis haben, können Sie sich gern an mich und mein Team wenden. Der vollständige schriftliche Bericht wird denjenigen zur Verfügung gestellt, die über die entsprechende Sicherheitsfreigabe verfügen. Einen schönen Tag noch.«

Und einfach so war es vorbei.

Storm wartete nicht lange. Er stand sofort auf, nahm ihre Hand und ging zur Tür.

»North?«, rief der Vizeadmiral und Jane hätte am liebsten über den ungeduldigen Gesichtsausdruck ihres Mannes gelacht. Er wollte das Rufen offensichtlich ignorieren, wusste aber, dass es keine gute Idee war, jemanden mit einem so hohen Rang wie dem des Vizeadmirals zurückzuweisen.

Er drehte sich um. »Ja, Sir?«

Der andere Mann grinste, als wüsste er, wie ungeduldig Storm darauf wartete, von dort zu verschwinden. »Ich bin froh, dass es Ihnen gut geht. Ich sehe große Dinge in Ihrer Zukunft als Marineoffizier.«

Storm nickte respektvoll. »Ich danke Ihnen. Ich bin auch froh, dass es mir gut geht, aber noch wichtiger ist, dass es Jane gut geht. Ich habe das, was ich getan habe, nicht für den Ruhm oder für die anderen getan, die um das Fahrzeug herumstanden. Ich habe es für Jane getan, und nur für sie. Und was meine Karriere angeht, weiß ich die Anerkennung zu schätzen, aber ich würde nicht damit rechnen, dass ich für immer da bin.«

Er drehte sich zu Jane um und sie schmolz fast dahin, als sie den Blick in seinen Augen sah. Es war ein Blick voller Liebe und Hingabe, von dem sie nachts in ihren Träumen fantasiert hatte. Und er war auf sie gerichtet. Die schlichte Jane Hamilton. Es war fast unwirklich.

Storm wandte die Aufmerksamkeit wieder dem Vizeadmiral zu. »Ich liebe die Marine. Ich bin stolz darauf, meinem Land gedient zu haben, und ich würde keinen Moment meiner Karriere ändern wollen. Aber ich habe gelernt, was wichtig ist. Ich freue mich darauf, meinen Ruhestand mit Jane an meiner Seite zu verbringen und zu sehen, was die Welt zu bieten hat ... dieses Mal als Tourist und nicht als SEAL.«

Der Vizeadmiral nickte. »Sie sind ein glücklicher Mann.«

»Ja, das bin ich«, stimmte Storm zu. Er salutierte vor dem Admiral, der die Geste erwiderte, und dann zog Storm sie weiter aus dem Raum.

»In Eile?«, fragte Jane verblüfft.

»Ja«, antwortete Storm, ging aber nicht näher darauf ein.

»Willst du mir sagen warum?«

Er zog sie durch die Tür und auf den Parkplatz zu ihrem brandneuen Volvo XC90. Es war ein luxuriöser Geländewagen, vergleichbar mit einem Toyota Highlander. Jane hatte versucht zu protestieren und behauptet, er sei zu teuer, zu neu, zu schick, aber das ließ er nicht gelten.

Sie hatte ihm immer wieder erklärt, warum sie ihn nicht brauchte, bis er sich mitten im Autohaus zu ihr umgedreht, ihr Gesicht in die Hände genommen und ihr in einem Tonfall, den sie noch nie von ihm gehört hatte, erklärt hatte: »Ich möchte, dass du in Sicherheit bist. Und auch wenn ich nicht jede Sekunde des Tages an deiner Seite sein kann, kann ich dir das sicherste Fahrzeug besorgen, das ich finden kann. Eines, bei dem du mit einem Daumendruck durch die fortschrittlichen Sicherheitsfunktionen lautlos um Hilfe rufen kannst.«

Wie konnte sie weiterhin Nein sagen, wenn er es so ausdrückte? Also hatte sie nachgegeben und ihm erlaubt, den Wagen für sie zu kaufen.

Er hatte sich auch ein neues Fahrzeug gekauft. Einen Hummer. Es war übertrieben, aber Storm war das egal. Er hatte ihr gesagt, dass er jeden, der es wagen würde, ihr wehzutun, einfach überfahren und sie wie ein Wikinger von einst wegtragen würde, wenn sie jemals wieder in eine solche Situation geriete.

Das war zwar lächerlich, aber da er meistens ihren Volvo fuhr und ihr bis auf ihre Zeit bei der Arbeit nicht wirklich von der Seite wich, machte es ihr nicht viel aus.

»Du wirst schon sehen«, antwortete Storm auf ihre Frage, warum er es so eilig habe.

Jane wollte mit den Augen rollen, aber insgeheim liebte sie Storms Überraschungen. Er war großzügig, und mit jedem Tag, der verging, liebte sie ihn mehr und mehr. Es war fast beängstigend, wie sehr er ihr in so kurzer Zeit ans Herz gewachsen war, aber sie lernte, jeden Moment zu genießen, und das Leben mit Storm war auf eine Weise schön, wie ihres es noch nie gewesen war.

Er stand auf der Beifahrerseite ihres Geländewagens und wartete, bis sie sicher angeschnallt war, und bevor er die Tür schloss, beobachtete sie, wie er das Schloss betätigte. Sie hatte ihn darauf angesprochen, als er es das erste Mal tat, aber als er erklärt hatte, dass niemals wieder jemand in ihren Wagen schlüpfen würde, ohne dass sie es merkte, hatte sie sich nicht weiter darüber beschwert.

Storm fuhr sie zu seinem Haus und sie unterhielten sich. Jane war erleichtert, dass die ganze Sache mit Carlin und den Bomben vorbei war. Dag und Brenae waren in Sicherheit, wie alle anderen auch. Es gab keine Garantie dafür, dass sich in Zukunft nicht doch jemand an einem Vorgesetzten vergreifen würde, aber sie hoffte, dass das nicht mehr passieren würde, solange sie noch im Dienst war. Zweimal war schon mehr als genug.

Storm parkte auf dem Parkplatz, den er dauerhaft für sie reserviert hatte, und sie wartete, bis er auf ihre Seite des Wagens kam. Das war eine weitere Änderung in ihrer Routine. Er musste ihr nicht heraushelfen, aber sie wusste, dass er es für seinen Seelenfrieden tun musste. Und es war auch nicht gerade unangenehm, dass er ihre Hand hielt, sobald sie aus dem Wagen stieg.

Er führte sie zu seiner Tür und ins Haus.

»Also, was ist meine Überraschung?«, fragte sie ungeduldig.

Storm hielt einen Finger hoch. »Warte noch ein bisschen«, sagte er. »Ich bin gleich wieder da.« Dann ging er auf die Haustür zu, durch die sie gerade gekommen waren.

Jane war verwirrt. Sie waren doch gerade erst nach Hause gekommen. »Aber –«

»Warte«, unterbrach er sie, dann schloss er die Tür hinter sich.

Jane konnte nur noch lachen. Sie hatte keine Ahnung, was er vorhatte, aber er hatte sie noch nie mit einer seiner Überraschungen enttäuscht. Einmal waren es passende T-Shirts gewesen, die er online für sie bestellt hatte und auf denen stand: »Andys und Reds Bootsverleih, Zihuatanejo, Mexico« Sie hatte gelacht und wusste, dass sie das T-Shirt für immer in

Ehren halten würde, einfach weil es aus ihrem Lieblingsfilm stammte.

An einem anderen Tag hatte er sie zum Essen eingeladen, und Rocco, seine Teamkameraden und deren Frauen hatten sich ihnen angeschlossen. Es war voll und laut, aber sie hatte noch nie mehr Spaß gehabt, als sie die Männer und Frauen kennenlernte, die ihrem Mann so viel bedeuteten. Ein anderes Mal hatte er ihr Abendessen gemacht, ihr ein Bad eingelassen und sich dann zu ihr gesetzt. Sie hatten zwar keinen Sex gehabt, aber mit ihm intim zu sein war ein größeres Geschenk, als er je wissen würde. Das hatte sie fast verloren, und zu wissen, dass er sie liebte und es genoss, einfach mit ihr zu kuscheln, war wunderschön.

Sie hatte also keine Ahnung, was Storm jetzt vorhatte, aber sie wusste, dass es etwas Fantastisches sein würde.

Gerade als sie ein wenig unruhig wurde, hörte sie, wie die Haustür erneut geöffnet wurde. Jane stand von der Couch auf, wo sie gewartet hatte, drehte sich um – und ihr fiel vor Schreck die Kinnlade herunter, als ihre Tochter vor Storm den Raum betrat.

»Rose?«

»Mom ...«, sagte ihre Tochter. Dann lief sie quer durch den Raum und lag ihr in den Armen.

Jane blinzelte überrascht über die ihr entgegengebrachte Zuneigung. Sie konnte sich nicht erinnern, wann Rose das letzte Mal irgendeine Art von Berührung mit ihr initiiert hatte. Wahrscheinlich als sie etwa zehn Jahre alt gewesen war, bevor die Verbitterung einsetzte.

»Geht es dir wirklich gut?«, fragte Rose leise an Janes Schulter.

Jane atmete tief durch und schloss die Augen, um sich diesen Moment so gut wie möglich einzuprägen. Es war sehr lange her, dass Rose sich um etwas anderes als sich selbst gekümmert hatte, oder darum, wann und wo sie ihren nächsten Rausch bekommen konnte.

Jane öffnete die Augen und schaute ihre Tochter an. »Mir geht es gut. Was ist los, dass du hier bist?«

»Ich wusste nicht, wie ernst es ist«, rief Rose. »Als du vor ein paar Wochen anriefst, sagtest du, dass eine Frau wütend auf einen Typen von der Arbeit war und versucht hat, dich zu benutzen, um an ihn heranzukommen. Ich hatte keine Ahnung, dass sie versucht hat, dich *in die Luft zu jagen!*«

Jane schaute über ihre Schulter und begegnete kurz Storms Blick. Er lehnte an der Wand und beobachtete sie genau. Sie wusste ohne Zweifel, dass er Rose sofort aus dem Haus gejagt hätte, wenn sie irgendetwas Verletzendes getan oder gesagt hätte. Ja, er hatte sie hergebracht, aber er hätte auch nicht gezögert, sie rauszuwerfen. Jane wusste das so gut, wie sie ihren eigenen Namen kannte.

Er war nicht glücklich darüber gewesen, all die

Geschichten zu hören, die Jane ihm über ihre Tochter erzählt hatte ... aber das hatte ihn nicht davon abgehalten, das zu tun, von dem er wusste, dass es Jane vielleicht glücklich machen würde. Nämlich zu versuchen, ihre Beziehung zu Rose zu reparieren.

»Mir geht es gut«, versicherte Jane ihrer Tochter erneut. »Storm war da und hat dafür gesorgt.«

Rose drehte sich zu ihm um. »Ich danke dir«, sagte sie. »Ich weiß, ich habe mich am Telefon bedankt, als du angerufen hast, aber wirklich ... ich meine es ernst.«

»Deine Mutter bedeutet mir sehr viel, also gern geschehen. Ich würde *alles* tun, um sie glücklich zu machen und sie zu beschützen.«

Jane konnte die Warnung in seinen Worten hören, und Rose offenbar auch.

»Ich habe in meinem Leben viele Dinge getan, die ich bereut habe«, sagte sie. »Aber ich versuche, mich zu ändern. Ein besserer Mensch zu werden.«

Storm nickte einmal.

»Kannst du zum Abendessen bleiben?«, fragte Jane.

»Wenn du das möchtest«, erwiderte Rose zögernd.

»Natürlich will ich das«, antwortete Jane.

»Kochst du?«, neckte Rose. »Denn wenn ja, überlege ich es mir vielleicht noch einmal.«

Jane lachte. »Nein. Du bist in Sicherheit. Storm ist der Koch in diesem Haus.«

Rose schaute zu ihm hinüber. »Vielleicht kann ich Unterricht bekommen?«

»Natürlich«, sagte Storm sofort und stieß sich von der Wand ab, um in die Küche zu gehen.

»Hat Robert dir nicht ein paar Dinge beigebracht?«, fragte Jane.

Rose zuckte mit den Schultern. »Ich habe ihn verlassen. Ich hatte genug von seinen Misshandlungen.« Dann sah sie Jane an. »Ich versuche es, Mom. Ich weiß, ich war schrecklich zu dir und zu allen anderen in meinem Umfeld. Ich habe meinen Schmerz darüber, dass Dad uns verlassen hat, an dir ausgelassen und Dinge getan, auf die ich nicht stolz bin. Ich gehe jetzt jede Woche zu den Treffen der Anonymen Drogensüchtigen. Ich versuche, meinen Scheiß auf die Reihe zu kriegen. Ich möchte jemand sein, auf den du stolz bist, anstatt die Tochter, für die du dich schämst.«

Jane griff nach ihrer Hand. »Ich habe mich nie für dich geschämt«, versicherte sie ihr. »Ich war traurig, ängstlich, besorgt um dich ... aber niemals habe ich mich geschämt.«

Rose nickte. »Storm hat mich letzte Woche angerufen und mir angeboten, ein Jahr lang die Miete für eine Wohnung zu zahlen ... unter der Bedingung, dass ich Kurse an der Volkshochschule belege ... und die Prüfungen bestehe. Er sagte, dass es ihm egal sei, was ich studiere, aber dass ich irgendeinen Beruf lernen muss. Es fühlt sich an, als würde ich Almosen annehmen, die ich nicht verdiene, aber wenn ich mein Leben wieder in den Griff bekommen will, muss ich es tun.«

Janes Augen füllten sich mit Tränen, als sie den Mann ansah, den sie mit jedem Tag mehr liebte. »Ich bin froh«, flüsterte sie. »Ich wollte immer nur, dass du glücklich bist«, sagte sie zu Rose.

»Ich bin noch nicht so weit, aber ich arbeite daran.«

»Komm schon«, sagte Storm aus der Küche. »Das Essen kocht sich nicht von selbst. Du kannst die Steaks würzen.«

Jane sah zu, wie ihre Tochter zu Storm in die Küche schlenderte, und wusste, dass sie diesen Moment nie vergessen würde. Storm liebte sie genug, um alles ihm Mögliche zu tun, um ihrer Tochter zu helfen, auch wenn sie nicht sein Lieblingsmensch war.

Später am Abend kroch Storm ins Bett und nahm Jane in die Arme.

Sie drehte sich sofort um und warf ein Bein über seine Hüfte, um sich rittlings auf ihn zu setzen. Sie waren beide nackt, denn sie hatten festgestellt, dass sie es liebten, Haut an Haut miteinander zu schlafen. Auch wenn sie keinen Sex hatten, liebte er es, sie auf diese Weise an sich zu spüren.

Er umfasste ihre Hüften und sah zu ihr auf, als sie ihn anlächelte.

»Danke«, sagte sie leise zu ihm.

Da Storm wusste, wovon sie sprach, erwiderte er einfach: »Gern geschehen.«

»Ich kann nicht glauben, dass du das für Rose getan hast.«

»Ich habe es nicht für sie getan«, entgegnete Storm aufrichtig. »Ich habe es für dich getan. Sie ist dein Fleisch und Blut und sie ist alt genug, um die Hilfe, die ich ihr angeboten habe, entweder anzunehmen und ihrem Glücksstern dafür zu danken oder sie zu ignorieren und in dem Loch zu bleiben, das sie sich selbst gegraben hat ... und jede Chance auf eine Beziehung zu ihrer Mutter zu vergessen. Zum Glück war sie klug genug, die Hilfe anzunehmen.«

»Du bist unglaublich«, murmelte Jane.

Storm zuckte mit den Schultern. »Ich bin egoistisch«, gab er zurück.

»Wie das?«, fragte sie.

»Je glücklicher du bist, desto entspannter bist du. Und desto glücklicher bin ich. Wenn Rose Hilfe bekommt, bist du weniger gestresst. Ich würde alles für dich tun, Jane. Ich hoffe, du weißt das.«

»Das tue ich«, versicherte sie ihm. »Obwohl ich das Gefühl habe, dass ich nicht genug für *dich* tue.«

Storm konnte nicht anders, als zu schnauben und den Kopf zu schütteln. »Baby, du tust mehr für mich, indem du einfach nur hier bist, als du je wissen wirst. Bevor du aufgetaucht bist, habe ich nur halb gelebt.

Ich habe das Leben einfach so hingenommen. Jetzt, da du an meiner Seite bist, scheint alles heller und aufregender zu sein. Es war kein Scherz, als ich dem Vizeadmiral sagte, dass ich nicht ewig in der Marine bleiben werde. Vor nicht allzu langer Zeit konnte ich nicht an den Ruhestand denken, ohne eine Panikattacke zu bekommen. Jetzt kann ich es kaum erwarten, jede Minute eines jeden Tages mit dir zu verbringen. Zu lachen und einfach das Leben zu genießen.«

Janes Augen füllten sich mit Tränen, aber sie lächelte gleichzeitig. »Ich liebe dich.«

»Und ich liebe dich«, erwiderte er sofort. Er ließ seine Hände von ihrer Taille ihren Körper hinaufwandern, bis er ihre Brüste umfasste. Er zwickte sanft ihre Brustwarzen, woraufhin sie sich aufrecht hinsetzte und leicht den Rücken krümmte.

»Ich glaube, ich muss dir ein fantastisches Dankeschön-Geschenk machen«, hauchte sie atemlos.

»Nein«, sagte Storm und schüttelte den Kopf. »Du schuldest mir gar nichts.« Plötzlich bewegte er sich, warf sie auf den Rücken und rollte sie unter sich auf die Matratze. »Wie wäre es, wenn ich *dir* stattdessen ein weiteres Geschenk mache?«

»Storm«, protestierte sie, als er sich an ihrem Körper hinunter zwischen ihre Beine bewegte.

»Ja?«, fragte er abgelenkt, während er tief einatmete und die Nase an der Innenseite ihres Oberschenkels vergrub.

»Egal«, sagte Jane, als er ihre feuchten Schamlippen leckte.

»Das dachte ich mir«, murmelte er, bevor er sich daranmachte, der Liebe seines Lebens zu zeigen, wie glücklich er war, sie in seinem Bett und in seinem Herzen zu haben.

Eine Stunde später, nachdem Jane ausgiebig vernascht worden war und nachdem sie ihren Mann geritten hatte, bis er tief in ihr explodiert war, lag sie verschwitzt und mehr als zufrieden auf seiner Brust. Sie hatte ihren Frauenarzt aufgesucht und sich für ein Verhütungsstäbchen entschieden, nachdem sie ihre Optionen besprochen hatten. Storm hatte ihr gesagt, dass er bald einen Termin für eine Vasektomie machen würde, damit sie ihrem Körper keine zusätzlichen Hormone zuführen musste. Das war sehr großzügig und liebevoll von ihm, und Jane liebte ihn deshalb umso mehr.

Sie liebte es zu spüren, wie Storm in ihr kam, und sie liebte es, wie intim der Akt ohne Kondom zwischen ihnen war.

Während sie in seinen Armen lag, konnte sie nicht anders, als darüber nachzudenken, wie sehr ihr Leben sich zum Besseren verändert hatte.

»Du *wirst* mich doch irgendwann heiraten, oder?«, fragte Storm leise.

Jane kicherte. »Wenn du mich richtig fragst, ja«, antwortete sie.

»Oh, ich werde dich richtig fragen«, erwiderte er. »Aber es wird sein, wenn du es am wenigsten erwartest, und es wird auf jeden Fall ein unvergesslicher Antrag sein.«

»Ich brauche kein Glanz und Gloria«, sagte sie. »Ich brauche nur dich.«

»Du hast mich«, versicherte er ihr. »Ich fühle mich wie der glücklichste Mensch der Welt«, sagte er nach einem Moment.

»Ich glaube, das ist mein Satz«, gab Jane zurück.

»Nein. Du bist so umwerfend, dass dich jemand weggeschnappt hätte, bevor ich eine Chance hatte«, sagte er und Jane konnte sehen, dass er es von ganzem Herzen glaubte. »Ich werde den Rest meiner Tage damit verbringen, dafür zu sorgen, dass du es nicht bereust, mich zu lieben. Ich werde dich nie verletzen. Niemals respektlos zu dir sein. Und ich werde alles tun, was nötig ist, um dafür zu sorgen, dass du jeden Tag deines Lebens sicher bist und geliebt wirst.«

Seine Worte waren besser als jedes Ehegelübde, das er ihr hätte geben können.

Jane drehte den Kopf und küsste die Unterseite seines Kiefers, bevor sie sich wieder an ihn schmiegte. »Das ist alles, was ich mir wünschen kann«, sagte sie.

»Alles, was eine Frau sich wünschen kann. Ich liebe dich.«

»Ich liebe dich auch.«

»Entweder man entscheidet sich zu leben, oder man entscheidet sich zu sterben«, sagte sie leise. »Genau wie Red am Ende von *Die Verurteilten*.«

»Ja. Schlaf jetzt, Baby. Wir haben morgen einen langen Tag vor uns. Wolf und sein Team waren eifersüchtig, weil sie nicht mit dir essen durften, also haben sie darauf bestanden, dass wir einen ganzen Tag lang bei ihm grillen. Und er hat alle Mitglieder seines Teams eingeladen. Ehefrauen, Kinder ... und ich glaube, sogar ein paar ihrer Haustiere werden da sein.«

Jane lächelte. »Davon hast du mir gar nichts erzählt.«

»Das habe ich gerade«, erwiderte Storm. »Sie alle lieben dich. Du bist jetzt ein Teil unseres Teams. Wenn du sie brauchst, sind sie für dich da, genau wie Bubba, Rocco und Gumby vor nicht allzu langer Zeit. Wenn du mich nicht erreichen kannst, rufst du einen von ihnen an. Jeder von ihnen wird tun, was er kann, um zu dir zu kommen, verstanden?«

Jane nickte.

Es gab eine Menge Dinge, die sie tun musste. Über die sie mit Storm reden musste. Den Auszug aus ihrer Wohnung, Rose, ihre Zukunft, aber im Moment war sie zu müde, glücklich und befriedigt, um mehr zu tun,

als sich seufzend an ihn zu schmiegen und ihn fest-
zuhalten.

»Gute Nacht, Baby«, sagte er leise.

»Gute Nacht, Storm.«

Jane schaffte es, lange genug wach zu bleiben, um Storm leise unter ihrer Wange schnarchen zu hören. Sie hätte nie gedacht, dass sie einmal hier sein würde, als sie den gut aussehenden Admiral angestarrt hatte, wann immer sie ihn auf dem Flur sah. Aber jetzt, da er ihr gehörte, würde sie darum kämpfen, ihn zu behalten.

Sie drehte den Kopf, küsste seine Schulter und schloss dann die Augen, zufrieden mit dem Wissen, dass sie geliebt wurde.

*

Vielen Dank, dass Sie »SEALs of Protection: Legacy« gelesen haben. Ich hoffe, die Reihe hat Ihnen gefallen. Sollten Sie meine anderen Serien mit den Navy SEALs in der Hauptrolle noch nicht kennen, können Sie mit *Die Suche nach Elodie* oder *Schutz für Caroline* beginnen. Von mir sind schon über 70 Bücher auf Deutsch erschienen, Sie werden mit Sicherheit etwas finden, das Ihnen gefällt. Viel Spaß beim Lesen und passen Sie auf sich auf!

BÜCHER VON SUSAN STOKER

SEALs of Protection: Legacy

Ein Beschützer für Caite

Ein Beschützer für Brenae

Ein Beschützer für Sidney

Ein Beschützer für Piper

Ein Beschützer für Zoey

Ein Beschützer für Avery

Ein Beschützer für Kalee

Ein Beschützer für Jane

Die SEALs von Hawaii:

Die Suche nach Elodie

Die Suche nach Lexie

Die Suche nach Kenna

Die Suche nach Monica

Die Suche nach Carly

Die Suche nach Ashlyn
Die Suche nach Jodelle

<u>Das Bergungsteam vom Eagle Point</u>

Ein Retter für Lilly
Ein Retter für Elsie
Ein Retter für Bristol
Ein Retter für Caryn
Ein Retter für Finley
Ein Retter für Heather
Ein Retter für Khloe (7 May)

<u>Die Zuflucht in den Bergen</u>

Zuflucht für Alaska
Zuflucht für Henley
Zuflucht für Reese
Zuflucht für Cora
Zuflucht für Lara
Zuflucht für Maisy (1 Oct)
Zuflucht für Ryleigh

<u>Delta Team Zwei</u>

Ein Held für Gillian
Ein Held für Kinley
Ein Held für Aspen
Ein Held für Jayme
Ein Held für Riley
Ein Held für Devyn

Ein Held für Ember
Ein Held für Sierra

<u>Die Delta Force Heroes:</u>
Die Rettung von Rayne
Die Rettung von Emily
Die Rettung von Harley
Die Hochzeit von Emily
Die Rettung von Kassie
Die Rettung von Bryn
Die Rettung von Casey
Die Rettung von Wendy
Die Rettung von Sadie
Die Rettung von Mary
Die Rettung von Macie
Die Rettung von Annie

<u>Mountain Mercenaries:</u>
Die Befreiung von Allye
Die Befreiung von Chloe
Die Befreiung von Morgan
Die Befreiung von Harlow
Die Befreiung von Everly
Die Befreiung von Zara
Die Befreiung von Raven

<u>Ace Security Reihe:</u>
Anspruch auf Grace

Anspruch auf Alexis

Anspruch auf Bailey

Anspruch auf Felicity

Anspruch auf Sarah

<u>SEALs of Protection:</u>

Schutz für Caroline

Schutz für Alabama

Schutz für Fiona

Die Hochzeit von Caroline

Schutz für Summer

Schutz für Cheyenne

Schutz für Jessyka

Schutz für Julie

Schutz für Melody

Schutz für die Zukunft

Schutz für Kiera

Schutz für Alabamas Kinder

Schutz für Dakota

<u>Eine Sammlung von Kurzgeschichten</u>

Ein langer kurzer Augenblick

Susan Stoker ist die New York Times, USA Today und Wall Street Journal Bestsellerautorin der Buchreihen »Badge of Honor: Texas Heroes«, »SEAL of Protection«, »Die Delta Force Heroes« und einigen mehr. Stoker ist mit einem pensionierten Unteroffizier der US-Armee verheiratet und hat in ihrem Leben schon überall in den Vereinigten Staaten gelebt – von Missouri über Kalifornien bis hin zu Colorado. Zurzeit nennt sie die Region unter dem großen Himmel von Tennessee ihr Zuhause. Sie glaubt ganz und gar an Happy Ends und hat großen Spaß daran, Geschichten zu schreiben, in denen Romantik zu Liebe wird.

Besuchen Sie Susan im Netz!
www.stokeraces.com

facebook.com/authorsusanstoker
twitter.com/Susan_Stoker
bookbub.com/authors/susan-stoker
instagram.com/authorsusanstoker
Email: Susan@StokerAces.com